James Joyce

Los muertos

The Dead

Traducción:
Mónica Flores Correa
Cristóbal Williams

Colección
Rambla de Mar

Nueva York, 2018

Title: The Dead / Los muertos
ISBN-13: 978-1-940075-57-0
ISBN-10: 1-940075-57-2

Design: © Artepoética Press
Cover & Image: © Jhon Aguasaco
Translators' photo: Daniel P. Missale
Editor in chief: Carlos Aguasaco
E-mail: carlos@artepoetica.com
Mail: 38-38 215 Place, Bayside, NY 11361, USA.

© The Dead, James Joyce (Public Domain)
© Los muertos, translated by Mónica Flores Correa & Cristóbal Williams, 2018
© Los muertos, for this edition Artepoética Press, 2018.

James Joyce

Los muertos

The Dead

**Colección
Rambla de Mar**

Contenido / Content

Prólogo

En junio de 2004, viajamos a Irlanda. La fecha fue intencional: se celebraba ese mes el centenario de la mítica jornada en la que Leopold Bloom, el protagonista de "Ulises" de James Joyce, camina por Dublin y reflexiona incesante, entre una miríada de temas, acerca del amor por su mujer Molly, las infidelidades de ella, la pena por su hijo muerto y la historia de la atormentada Irlanda, para finalmente encontrarse –encuentro predestinado– con Stephen Dedalus, el otro *flâneur* de la historia, posible hijo espiritual de Leopold.

Recorrimos esos días la geografía 'uliseana' e incluimos, para completar la celebración, una visita a la casa de las tías de Joyce (nacidas Flynn), donde pasa la acción de "Los Muertos".

En esa residencia, ahora llamada "James Joyce Centre", en 15 Usher's Island, tratamos con éxito variado de establecer relaciones entre lo que veíamos y las escenas del que, para muchos, es "el cuento más bello" escrito en lengua inglesa.

Fue una experiencia rara: buscar los espacios de ficción y contrastarlos con sus equivalentes en la llamada realidad. Buscarlos en los cuartos vacíos, pues no había casi muebles, con ventanas que daban al río Liffey; buscarlos en el presunto salón de baile, en el presunto comedor y en la escalera donde Gretta, la mujer de Gabriel en el relato, se detiene a escuchar la canción que cantaba Michael Furey, el amado muerto de su juventud.

Nos preguntamos cómo cantarían las tías en esa sala, las reales y las de ficción. Después nos enteramos que las tías Julia y Kate que vivieron allí, no fueron únicamente las tías que inspiraron a Joyce para imaginar dichos personajes. También hubo otras señoras, unas tías 'musicales' que contribuyeron a la creación de ambas protagonistas.

Llevados por el entusiasmo y un poco por el deslumbramiento, no nos costó imaginar una cena en la cual se pediría silencio golpeando las copas con tenedores, y alguien daría un discurso para agradecer la hospitalidad de las dueñas de casa.

"Los Muertos" fue un último cuento que Joyce agregó a la colección de historias de "Dublineses". Como se sabe, la historia es prácticamente autobiográfica. Nora Barnacle tuvo dos amores en su adolescencia temprana. Ambos muchachos murieron en rápida sucesión y por esas desgracias, entre las amigas la llamaban "la mata hombres". Gretta, la esposa de Gabriel, está modelada en Nora y Gabriel, en Joyce. El escritor, un celoso crónico, celaba a Nora, en particular por uno de esos primeros amores, igual que en el cuento Gabriel cela a Gretta por su primer amor, Michael Furey, muerto muy joven.

Hay otras similitudes, ideológicas y fácticas: por ejemplo, como Joyce, en un tiempo de extrema tensión nacionalista, Gabriel considera el inglés como su lengua y no el gaélico. O como ocurre con Gretta, a quien la madre de Gabriel había despreciado, John Stanislaus, el padre de Joyce, opinaba que el hijo había elegido en Nora a una mujer social y culturalmente inferior (a la manera del dicho citado parcialmente en la historia: *a country cute, city clever*, es decir, una vivilla del campo). "Con ese apellido no se la sacará nunca de encima", dicen que el padre bromeó. Barnacle significa lapa o percebe, una especie de mejillón pequeño que se adhiere a las rocas y perniciosamente a los cascos de los buques.

De aquella visita a la casa de Usher's Island, guardamos una foto que nos sacó un joven que allí trabajaba. Fue en una esquina de una de las habitaciones, contra una pared blanca. Sin la debida explicación, la foto no evoca nada; para nosotros, en cambio, pese a su desnudez, es un recuerdo atesorado.

Años después, en un curso de Mónica, se leyó una traducción al español de "Los Muertos" y se la comparó con el original. El veredicto de una estudiante sobre la versión en castellano fue riguroso: "es correcta; está todo lo que se dice en el cuento, pero falta el espíritu", dijo. En retrospectiva, pensamos que esas palabras nos despertaron las ganas de realizar otra versión que tal vez capturara dicho espíritu dominante y elusivo, como el de Michael Furey en el cuento.

Hacemos la salvedad de que luego tuvimos conocimiento de la traducción de Guillermo Cabrera Infante. Sin duda, esta nos merece elogios por su aproximación a la elegancia estilística de Joyce.

Por nuestra parte, hemos preferido hacer una traducción que limitara los regionalismos y evitara formas que podrían considerarse dentro del mundo hispanohablante, como guiños a una cultura particular.

Al ser la escritura de Joyce deliberadamente rítmica –se ha señalado que el "Ulises" puede considerarse un larguísimo poema– también quisimos imprimir a nuestra versión cierto ritmo propio del español. Propio y no equivalente, ya que coincidimos con Amos Oz en que una traducción es "como tocar un concierto de violín en el piano (…) con una sola condición estricta: nunca hay que forzar al piano a producir los sonidos del violín".

En materia de anotaciones, el texto no exige aclaraciones para ser entendido. Pero recomendamos al lector que quiera ampliar conocimientos, las notas de Wallace Gray para "The Dead" en *http://www.mendele.com/WWD/WWDdead.notes.html*. Son exhaustivas y ofrecen información sobre textos alternativos que Joyce consideró, aunque no incluyó en la versión final.

La adición de "Los Muertos" a la colección de "Dublineses", fue en parte un gesto de reparación. Joyce sintió que no había sido completamente justo con la gente de su país de origen. El biógrafo Richard Ellmann cita una carta que el autor le enviara desde Roma a su hermano Stanislaus, donde decía que había dejado fuera de las historias algunas características relevantes de los habitantes de Dublin. "No he reproducido su insularidad ingeniosa y su hospitalidad. Y por lo que he visto, esta última "virtud" no existe en otras partes de Europa".

Es así entonces que Gabriel Conroy se referirá en su discurso al alma generosa y abierta de la generación que organiza la fiesta de fin de año. Y es así que "Los Muertos" se erige como un cuento de amor en un sentido comprehensivo. Es sobre el amor de una pareja, el amor a memorias que no nos abandonan, y el amor a una comunidad. Si bien Gabriel/James pertenecen periféricamente a esa sociedad, no están ya compenetrados con *mad Ireland* (la loca Irlanda o Irlanda rabiosa, como la llamó W.H.Auden), ambos, autor y alter ego, conservan sentimientos hondos por ese mundo. De manera que los personajes del cuento, aún los menores, están esculpidos con afecto. Sin ser el equivalente literario de la "Fanfarria al hombre común" del músico Aaron Copland, esta es una obra donde el hombre común tiene su lugar, en la que se lo aprecia con gentileza y humor. El mismo espíritu con el que luego en "Ulises", Joyce tratará a Leopold Bloom, el hombre ordinario por excelencia, el entrañable antihéroe.

A diferencia de "Ulises" y "Finnegan's Wake", "Los Muertos" –junto a los otros relatos de "Dublineses"– es una ventana accesible a la obra de Joyce para el lector cuya lengua no es el inglés. Comparado con esas dos obras, también puede parecer menor. Sin embargo, la genialidad de esta historia corta, doblemente genial por su misma brevedad, radica en su caracter de mundo esférico, autocontenido. La vida, en sus manifestaciones básicas de pareja, familia, comunidad, país, está presente en esta noche de fiesta e íntima revelación, y al enlazarse con la muerte, ese transcurrir adquiere dimensión metafísica. Una totalidad sellada por el amor que, en palabras de Ingmar Bergman, otro explorador enorme de la condición humana, "lo abraza todo, incluso la muerte".

Mónica y Cristóbal
Nueva York, 2017

Los muertos

James Joyce

Lily, la hija del portero, literalmente se despegaba de sus pies. Apenas había hecho pasar a un caballero a la pequeña despensa detrás de la oficina en la planta baja, y le había ayudado a sacarse el sobretodo, cuando la aldaba jadeante repicaba de nuevo y la chica tenía que casi volar por el corredor vacío para dejar pasar a otro invitado. Para su respiro, al menos no tenía que ocuparse de las damas, pues Miss Kate y Miss Julia habían pensado en eso y convirtieron el baño del piso de arriba en un vestidor para las señoras. Y allí estaban Miss Kate y Miss Julia alborotadas, chismorreando, riendo y yendo una detrás de la otra hasta la escalera para espiar por la baranda y llamar a Lily para que les dijera quién llegaba.

El baile anual de las señoritas Morkan era siempre un gran acontecimiento. Todo aquel que las conocía, iba: la familia, los viejos amigos de la familia, los miembros del coro de Julia, cualquier alumno de Kate con edad suficiente y hasta algunas estudiantes de Mary Jane también. Nunca hubo un baile que saliese mal. Durante años y años, hasta donde llegaba la memoria, se hacía con elegancia espléndida. Desde siempre, desde que Kate y Julia, después de la muerte de su hermano Pat, dejaron la casa de Stoney Batter y acogieron a Mary Jane, su única sobrina, para que viviera con ellas en la oscura casa angosta de Usher's Island, cuya parte alta le alquilaron a Mister Fulham, el comerciante de granos que vivía en la planta baja.

Eso había ocurrido unos buenos treinta años atrás, para poner una fecha. Mary Jane, entonces una niñita de vestido corto, era ahora el sostén principal de la casa, ya que tocaba el órgano en Haddington Road. Había estudiado en la Academia y daba un concierto anual con las alumnas, en la sala del piso alto de las Antiguas Salas de Conciertos. Muchas de sus pupilas pertenecían a las familias acomodadas de la línea de tren Kingstown–Dalkey. Viejas como eran, las tías también hacían su parte. Julia, si bien ya bastante canosa, era todavía la soprano principal de Adán y Eva, la iglesia, y Kate, demasiado frágil para andar mucho, daba lecciones de música a principiantes en el viejo piano vertical del cuarto del fondo. Lily, la hija del encargado, les hacía las tareas de la casa. Aunque vivían con modestia, creían en comer bien; lo mejor de lo mejor en todo: bifes de lomo, té de tres chelines y la mejor cerveza negra en botella. Rara vez se equivocaba Lily con las órdenes, así que se llevaba bien con sus tres amas. Eran quisquillosas, nada más. Lo único que no soportaban era que les contestara.

Tenían razón, claro, en estar quisquillosas en una noche así. Además ya eran bien pasadas las diez y todavía ni señales de Gabriel y su esposa. Encima tenían terror de que Freddy Malins apareciese borracho. Por nada del mundo querían que las alumnas de Mary Jane lo viesen bebido; cuando estaba en ese estado, era a veces muy difícil de manejar. Freddy Malins siempre llegaba tarde, pero se preguntaban qué demoraba a Gabriel, y por eso se asomaban cada dos minutos a la baranda para preguntarle a Lily si Gabriel o Freddy habían llegado.

–¡Ah, Mister Conroy! –le dijo Lily a Gabriel al abrirle la puerta– la señorita Kate y la señorita Julia pensaban que no vendría nunca. Buenas noches, Mistress Conroy.

–No me cabe duda de que eso creían –dijo Gabriel– pero se olvidan de que mi mujer aquí, se toma tres horas mortales para vestirse.

Se detuvo en el felpudo para sacudir la nieve de las galochas, mientras Lily acompañaba a su esposa al pie de la escalera y llamaba a gritos:

–Miss Kate, acá está Mrs Conroy.

Kate y Julia bajaron en seguida a los tumbos por la escalera oscura. Ambas besaron a Mrs Conroy diciendo que debía estar más muerta que viva y preguntaron si Gabriel estaba con ella.

–¡Aquí estoy, puntual como el correo, tía Kate! Suban, las sigo –vociferó éste en la sombra.

Siguió limpiándose vigorosamente los pies mientras las tres mujeres riendo, subían al vestidor.

Una tenue franja de nieve como una mantilla, le cubría los hombros del sobretodo y le ponía punteras en las galochas, y al escurrirse chirriantes los botones del sobretodo por la frisa tiesa de nieve, un aire frío y fragante de intemperie se escapaba por entre los pliegues y dobleces.

–¿Está nevando de nuevo, Mr Conroy? –preguntó Lily.

Se había adelantado a la despensa para ayudarle a quitarse el sobretodo. Gabriel se sonrió cuando pronunció su nombre con tres sílabas, y la miró. Era una chica que estaba aún creciendo, delgada, de tez blanca y pelo color paja. La luz a gas la hacía parecer aún más pálida. Gabriel la había conocido de niña, cuando se sentaba en el primer escalón para acunar una muñeca de trapo.

–Sí, Lily –contestó– y creo que tenemos para toda la noche.

Miró al cielo raso, que se estremecía con las pisadas fuertes y el deslizar de las suelas en el piso alto. Escuchó un instante el piano y luego lanzó una mirada a la muchacha, que doblaba con cuidado su abrigo en el extremo de un estante.

–Dime, Lily, ¿sigues yendo a la escuela? –preguntó amistoso.

–Oh no, señor, ya terminé del todo la escuela.

–Ah, entonces te veremos uno de estos días con tu novio en tu boda, ¿eh? –dijo él festivamente.

La chica le lanzó una mirada por encima del hombro y respondió muy amarga:

—Los hombres hoy día son pura labia y lo que puedan conseguir de una.

Gabriel enrojeció, como en falta, y sin mirarla se sacó las galochas y con la bufanda lustró enérgico los zapatos de charol.

Era un hombre joven, fortachón, tirando a alto. El rubor de las mejillas se le subía a la frente donde se desparramaba en unos parches informes rojo pálido; en la cara lampiña centelleaban inquietos los vidrios pulidos y el marco dorado brillante de los anteojos, que amparaban los ojos delicados e inquietos. Llevaba el pelo negro lustroso partido y peinado hacia atrás de las orejas, en una curva larga que se rizaba apenas bajo la huella que dejaba el sombrero.

Cuando acabó de sacarle brillo a los zapatos, se irguió y estiró el chaleco para cubrir la barriga. Extrajo rápido una moneda del bolsillo.

—Ah Lily —dijo, empujándosela en la mano— es Navidad, ¿no? Aquí... este pequeño...

Caminó ráudo a la puerta.

—¡Ay no, señor! —gritó la chica, persiguiéndolo— de veras, señor, no puedo aceptarlo.

—¡Navidad! ¡Es Navidad! —dijo Gabriel, agitando la mano en señal de rechazo mientras trotaba a la escalera.

La chica, viendo que él ya había alcanzado la escalera, le gritó:

—Bueno, gracias, señor.

Esperó afuera de la sala a que terminara el vals, oyendo las faldas que la barrían y los pies al deslizarse. Todavía estaba contrariado por la réplica amarga y súbita de la chica. Lo había llenado de un pesar que trató de disipar arreglándose los puños y el nudo de la corbata. Sacó entonces del bolsillo del chaleco un papelito y le dio una ojeada a los títulos que había escrito para su discurso. Estaba indeciso sobre los versos de Robert Browning, porque temía que fuesen demasiado para la comprensión de sus oyentes. Vendrían mejor algunas citas que pudiesen reconocer, de Shakespeare o de The Melodies. El taconeo estridente de los zapatos masculinos y cómo arrastraban las suelas, le recordaron que el grado de cultura de muchos invitados difería del suyo. Se pondría en ridículo si les citaba poemas que no entendían. Pensarían que se estaba dando aires de educación superior. Le iría mal con ellos como le había ido mal con la chica en la despensa. El tono era equivocado. Todo su discurso estaba errado del principio al final, un completo fracaso.

Justo en aquel momento su esposa y las tías salieron del vestidor. Las tías eran dos mujeres pequeñas, vestidas con sencillez. Tía Julia era apenas un par de centímetros más alta que la otra. Llevaba el pelo gris atado y cubriendo en parte las orejas y gris también, con sombras más oscuras, era su cara larga y fláccida. Si bien era de contextura corpulenta y se mantenía erguida, sus ojos lentos y los labios semiabiertos le daban la apariencia de una mujer que no sabía dónde estaba o adónde iba. Tía Kate era más vivaz. Su cara, más saludable que la de la hermana, era toda frunces y dobleces, como una manzana roja arrugada, y su pelo trenzado en el mismo estilo antiguo, no había perdido el color de nuez madura.

Ambas besaron a Gabriel sonoramente. Era su sobrino favorito, el hijo de la hermana mayor fallecida, Ellen, casada con T.J. Conroy de Puertos y Muelles.

–Gretta me dice, Gabriel, que no van a tomar un coche para volver a Monkstown esta noche –dijo tía Kate.

–No, ya tuvimos bastante con eso el año pasado, ¿no?

–dijo Gabriel, mirando a su mujer– ¿no te acuerdas, tía Kate, el resfrío que cogió Gretta? Los vidrios del coche que se sacudían todo el camino, y el viento del este que calaba después de pasar Merrion. Vaya diversión que fue. Gretta se pescó un resfrío horrible.

Con el ceño fruncido severamente, tía Kate aprobaba sus palabras.

–Tienes razón, Gabriel, tienes razón. Todas las precauciones son pocas.

–Pero si a Gretta la dejasen –dijo él– si fuera por ella, volvería caminando a casa bajo la nieve.

Mrs Conroy se rió.

–No lo escuche, tía Kate –dijo– es un pesado espantoso, con esa visera verde para que Tom proteja los ojos cuando lee de noche y lo obliga además a hacer pesas, y a Eva, a comer avena. ¡Pobrecita! ¡Ella, que no puede ni verla!… Ah, ¡pero ustedes ni se imaginan lo que me hace usar ahora!

Irrumpió en una carcajada y miró a su marido, cuyos ojos felices y embelesados recorrían su vestido, su cara, su pelo.

Las tías estallaron también en carcajadas, pues las precauciones de Gabriel, en la familia, eran tópico de broma permanente.

–¡Galochas! –dijo Mrs Conroy– esta es la última: apenas se humedece el suelo, yo debo ponerme mis galochas. Incluso esta noche, quería que me las pusiese y yo me resistí. La próxima cosa que querrá comprarme será un traje de buzo.

Gabriel se rió nervioso y se arregló la corbata para tranquilizarse, mientras tía Kate se doblaba de risa con esa historia que la divertía a más no poder.

Pero en la cara de tía Julia la sonrisa se desvaneció pronto y los ojos tristes se fijaron en la cara del sobrino. Después de una pausa preguntó:

–¿Y qué son galochas, Gabriel?

–¡Galochas, Julia! –exclamó la hermana– mi Dios, ¿no sabes qué son las galochas? Las usas encima… encima de… los zapatos, ¿no es así, Gretta?

–Sí –dijo Mrs Conroy– cosas de gutapercha. Los dos tenemos ahora un par. Gabriel dice que todo el mundo las usa en el Continente.

–Ah, en el Continente –murmuró la tía Julia cabeceando lentamente.

Gabriel cejijunto dijo, como un poco enojado:

–No es nada tan maravilloso, pero Gretta piensa que es muy gracioso porque dice que le recuerda a los Christy Minstrels.

–Pero dime, Gabriel –dijo la tía Kate con súbito tacto– por supuesto, ya te has ocupado de la habitación. Gretta nos decía…

–El cuarto ya está –respondió Gabriel– Tomé uno en el Gresham.

–Claro, era lo mejor que podías hacer –dijo tía Kate– y por los chicos, Gretta, ¿no estás nerviosa?

–Por una noche… –dijo Mrs Conroy– y Betty va a cuidarlos.

–Claro –dijo tía Kate de nuevo– ¡qué práctico es tener una chica confiable como esa! Aquí tenemos a esta Lily, que no entiendo qué le pasa últimamente. No es para nada la chica que era.

Gabriel iba justo a preguntarle por la cuestión, pero ella giró rápido para mirar a su hermana que había deambulado escaleras abajo y que asomaba la cabeza por encima de la baranda.

–Pero digo yo –dijo medio irritada– ¿adónde va Julia? ¡Julia, Julia! ¿Adónde vas?

Julia, que había bajado un tramo de la escalera, volvió y anunció quedamente:

—Llegó Freddy.

En ese mismo momento un aplauso y un final florido de la pianista anunciaron que el vals había terminado. La puerta del salón se abrió y salieron algunas parejas.Tía Kate apurada se llevó a Gabriel aparte y le cuchicheó al oído:

—Sé bueno, Gabriel, baja y fíjate que esté bien y no lo dejes subir si está borracho. Seguro que está borracho, seguro.

Gabriel fue a la escalera y escuchó desde la baranda. Oyó que dos personas hablaban en la despensa y reconoció la risa de Freddy Malins. Bajó entonces la escalera haciendo ruido.

—¡Qué alivio que Gabriel esté aquí! —dijo tía Kate a Mrs Conroy— me tranquiliza que esté cerca… Julia, aquí Miss Daly y Miss Power querrán refrescos. Gracias por el hermoso vals, Miss Daly. Fue encantador.

Un hombre alto, de cara rugosa, bigote rígido entrecano y piel cetrina, que pasaba con su pareja, dijo:

—¿Y podríamos tomar refrescos nosotros también, Miss Morkan?

—Julia, aquí están Mister Browne y Miss Furlong —indicó tía Kate— hazlos entrar con Miss Daly y Miss Power.

—Soy el galán de las señoras —dijo Mr Browne redondeando los labios hasta erizar el bigote y sonriendo con todas las arrugas— sabe, Miss Morkan, la razón por la que les gusto tanto es…

No terminó la frase y viendo que tía Kate ya no podía oír, se llevó en seguida a las tres jóvenes al comedor.

Dos mesas cuadradas, puestas una al lado de la otra y sobre las que tía Julia y el encargado estiraban y alisaban un gran mantel, ocupaban el centro de la habitación. En el aparador había un despliegue de platos y fuentes y copas y pilas de cuchillos y tenedores y cucharas. La tapa del piano hacía de mesita para las viandas y los dulces. Junto a un aparador pequeño, en una esquina, dos jóvenes de pie bebían maltas amargas.

Mr Browne llevó allí a sus acompañantes y bromeando las invitó a un ponche para señoras, caliente, fuerte y dulce. Como dijeron que nunca tomaban nada espirituoso, les abrió tres botellas de limonada. Luego le pidió a uno de los jóvenes que se corriera y apropiándose de la jarra, se sirvió una buena medida de whisky. Respetuosamente, los muchachos lo miraron probar el primer sorbo.

–Dios Santo– dijo sonriendo– justo lo que me recetó el doctor.

En su cara arrugada irrumpió una sonrisa todavía más ancha.

Y las tres señoritas, meciendo los cuerpos hacia atrás, hacia adelante, con espasmos nerviosos de los hombros, se rieron en un eco musical a su ocurrencia. La más audaz dijo:

–Vamos, Mr Browne, estoy segura de que el médico no le recetó nada parecido.

Mr Browne tomó otro sorbo y arrimándose con guiño cómplice, dijo:

–Vean, soy la famosa Mrs Cassidy que dicen que dijo: *Vamos, Mary Grimes, si no lo tomo, házmelo tomar porque siento que lo necesito.*

Su cara arrebatada se inclinó un tanto demasiado confianzudamente y habló con el acento vulgar de Dublin, lo que hizo que las jóvenes, con instinto unánime, lo escucharan en silencio.

Miss Furlong, que era una de las alumnas de Mary Jane, le preguntó a Miss Daly el nombre del vals encantador que había tocado, y Mr Browne, al ver que lo ignoraban, se volvió hacia los dos jóvenes que parecían apreciarlo mejor.

Una joven de cara roja y vestido violeta, entró al cuarto aplaudiendo excitada y gritando:

–¡Cuadrillas! ¡Cuadrillas!

Pegada a sus talones, entró tía Kate pidiendo a toda voz:

–¡Dos caballeros y tres damas, Mary Jane!

–Aquí están Mister Bergin y Mister Kerrigan –dijo Mary Jane– Mr Kerrigan, ¿baila usted con Miss Power? Miss Furlong, ¿puede ser Mr Bergin, su pareja? Con esto, ya estamos bien.

–Tres damas, Mary Jane –insistió tía Kate.

Los jóvenes preguntaron a las damas si les harían el honor y Mary Jane se volvió a Miss Daly.

–Miss Daly, usted de verdad ha sido terriblemente buena al tocar los dos últimos bailes, pero esta noche estamos cortos de damas.

–No me molesta en lo más mínimo, Miss Morkan.

–Pero le tengo una buena pareja, Mister Bartell D'Arcy, el tenor. Lo haré cantar luego. Tiene enloquecido a todo Dublin.

–Linda voz, ¡qué linda voz! –dijo tía Kate.

Como el piano había empezado ya dos veces el preludio de la primera figura, Mary Jane se llevó apurada a sus reclutas. Apenas habían salido, cuando deambulando lenta, tía Julia entró a la habitación mirando algo que estaba a su espalda.

–¿Qué pasa, Julia? –preguntó ansiosa tía Kate– ¿De quién se trata?

Julia, que traía una pila de servilletas, miró a su hermana y comentó simplemente, como si la pregunta la sorprendiese:

–Es solo Freddy, Kate, y Gabriel está con él.

De hecho, detrás de ella se podía ver a Gabriel piloteando a Freddy Malins en el rellano. Este, un hombre joven de unos cuarenta, era de la talla y constitución de Gabriel, aunque con hombros muy caídos. Su cara era carnosa y pálida, con apenas toques de color en los lóbulos gruesos de las orejas y en las anchas aletas de la nariz. Tenía rasgos toscos, nariz roma, frente convexa con entradas, labios protuberantes. Los párpados pesados y el desorden de la pelambre escasa le daban un aire soñoliento. Se reía a carcajadas estridentes de un cuento que le había estado contando a Gabriel en la escalera, y al mismo tiempo se frotaba el ojo izquierdo con los nudillos del puño izquierdo.

–Buenas noches, Freddy –dijo tía Julia.

Freddy Malins saludó a las señoritas Morkan de una manera que pareció brusca debido a uno de los frecuentes gallos de su voz, y al ver que próximo al aparador Mr Browne le sonreía, cruzó la habitación con andar inseguro y empezó a repetirle en voz baja la historia que acababa de contarle a Gabriel.

–¿No está tan mal, verdad? –le dijo tía Kate a Gabriel.

Las cejas de Gabriel estaban fruncidas, pero las desanudó velozmente y confirmó:

–No, casi ni se le nota.

–¡Es un muchacho terrible! –dijo ella– y su pobre madre que le hizo jurar el primero de año que iba a dejar de beber. Vamos a la sala, Gabriel.

Antes de salir del cuarto, miró a Mr Browne ceñuda y sacudió el índice en advertencia. Este asintió sin palabras y cuando la tía se fue, le dijo a Freddy Malins:

–Bien, Teddy, ahora voy a servirte un buen vaso de limonada que te entonará.

Freddy Malins, que estaba llegando al final de su historia, rechazó impaciente el ofrecimiento con la mano, pero Mr Browne, después de llamarle la atención por algo desarreglado en el atuendo, le llenó al tope un vaso de limonada y se lo alcanzó.

La mano izquierda de Freddy Malins aceptó el vaso mecánicamente mientras su derecha se ocupaba mecánicamente de componerse la ropa. Mr Browne, cuya cara se arrugaba otra vez divertida, se sirvió un vaso de whisky, en tanto que Freddy Malins, sin llegar al climax de su historia, explotaba en una risa acatarrada, y dejando el vaso lleno sin probar, se restregaba de nuevo el ojo izquierdo con el puño y repetía palabras de su última frase entrecortadas por el ataque de risa.

A Gabriel le costaba escuchar a Mary Jane que, ante la sala en silencio, tocaba su pieza de conservatorio, llena de seguidillas y partes difíciles. Le gustaba la música, pero para él la pieza carecía de melodía y dudaba de que la tuviese para los otros oyentes, aunque le habían implorado a Mary Jane que tocara. Cuatro jóvenes que al oír el piano vinieron del salón de las bebidas a pararse en el umbral, después de unos pocos minutos, se evadieron de a dos discretamente. Las únicas que parecían seguir la música eran la propia Mary Jane con sus manos en el teclado o levantadas en las pausas como las de una sacerdotisa en imprecación momentánea, y tía Kate, parada a su lado para dar vuelta a las páginas.

Los ojos de Gabriel, irritados por el resplandor del piso encerado bajo la gran araña, ambularon por la pared encima del piano. Allí colgaba un cuadro con la escena del balcón de *Romeo y Julieta*, junto a otro de los dos príncipes asesinados en la Torre que tía Julia había hecho cuando niña, con lanas rojas, azules y marrones. Probablemente hecho en la escuela, donde les enseñaban este tipo de labor durante un año. Como regalo de cumpleaños, su madre había hecho para él un chaleco de tafetán púrpura con cabecitas de zorros, bordeado con satén marrón y con botones redondos morados.

Resultaba extraño que su madre no hubiese tenido talento musical, si bien tía Kate la llamaba el cerebro de la familia Morkan. Parecían siempre un poco orgullosas, tía Julia y ella, de esa hermana seria y matronil. Su fotografía estaba ubicada delante de un gran espejo. Tenía en la falda un libro abierto en el que le señalaba algo a Constantine, que vestido de marinero se sentaba a sus pies.

Era ella la que había elegido los nombres de los hijos pues le daba mucha importancia a la dignidad de la familia. Gracias a ella, Constantine era ahora el cura párroco de Balbriggan y gracias a ella, el propio Gabriel se había graduado en la Royal University.

La cara se le ensombreció al recordar su torva oposición a su matrimonio.

Todavía resonaban en su memoria algunos comentarios hirientes que había hecho; una vez dijo de Gretta que era una vivilla del campo y eso no era cierto, en absoluto. Fue Gretta quien la cuidó durante toda su larga enfermedad, en la casa de Monkstown.

Pensó que Mary Jane debía estar por finalizar la pieza, pues repetía la melodía del inicio con rápidas escalas luego de cada compás, y mientras esperaba el final, en el corazón se le apagó el rencor. La pieza acabó con un trino de octavas agudas y una octava final grave. Un gran aplauso premió a Mary Jane, quien ruborizada y nerviosa recogió la partitura y huyó de la habitación.

Los aplausos más calurosos venían de los cuatro jóvenes parados en la puerta, los mismos que se habían ido al comienzo de la pieza al cuarto de las bebidas y que regresaron para el final de la música.

Se organizó la danza de lanceros. A Gabriel lo emparejaron con Miss Ivors, una muchacha extrovertida, franca, de cara pecosa y ojos castaños grandotes. No llevaba escote y en un gran broche enganchado al cuello lucía una imagen y un lema celtas.

Al ubicarse en sus puestos, ella dijo de golpe:

–Con usted tengo un asunto pendiente.

–¿Conmigo? –dijo Gabriel.

Ella asintió gravemente.

–¿Cuál? –preguntó él sonriendo ante su solemnidad.

–¿Quién es G.C? –dijo Miss Ivors mirándolo fijo.

Gabriel enrojeció y ya iba a fruncir el ceño como si no entendiese, cuando ella le espetó:

–¡Ah, se hace el inocente! Descubrí que usted escribe para el *Daily Express*. ¿No le da verguenza?

–¿Por qué debería avergonzarme? –dijo Gabriel pestañando y tratando de sonreír.

–Bueno, yo me avergüenzo de usted –dijo francamente Miss Ivors –pensar que escribe para un periodíco como ese. No sabía que usted era pro inglés.

En la cara de Gabriel se dibujó la perplejidad. Era verdad que escribía en el *Daily Express* una columna literaria los miércoles, por quince chelines. Pero eso no lo convertía en un pro inglés. Valoraba más los libros que le daban para comentar, que el cheque insignificante. Le agradaba palpar las tapas y dar vuelta las páginas de los libros recién impresos. Casi todos los días, cuando terminaba de enseñar, se iba a caminar por los muelles hacia las librerías de segunda mano. Iba a Hickey's en Bachelor's Walk, a Webb's o Massey's en el muelle Aston o a O'Clohissey's, en una calle lateral.

No supo cómo tomar la acusación. Habría querido decir que la literatura estaba por encima de la política. Pero eran amigos desde hacía muchos años, con carreras paralelas, primero en la Universidad y después como profesores; no podía contestarle con una frase pomposa. Continuó parpadeando y tratando de sonreír y débilmente murmuró que no veía nada político en escribir críticas de libros.

Cuando llegó el turno de cruzarse, todavía estaba

abstraído y perplejo. Miss Ivors rápida le apretó la mano con calidez y le dijo en tono amistoso.

–Por supuesto, solo bromeaba. Vamos, nos toca cruzar.

Cuando se volvieron a juntar, ella habló de la situación universitaria y Gabriel se sintió más cómodo. Un amigo le había mostrado su comentario de los poemas de Browning; así ella se había enterado del secreto y sin embargo, el artículo le había gustado enormemente.

Dijo entonces de repente:

–Ah, Mr Conroy, ¿vendría a una excursión a las islas Aran este verano? Vamos a estar allá todo un mes. Será magnífico estar en el Atlántico. Usted tiene que venir. Mister Clancy viene y Mister Kilkelly y Kathleen Kearney. Sería también fantástico si viniese Gretta. Es de Connacht, ¿no es cierto?

–Su gente es de allí –dijo Gabriel secamente.

–Pero usted vendrá, ¿verdad? –insistió Miss Ivors ansiosa, poniéndole su mano cálida en el brazo.

–Resulta que ya quedé en ir… –dijo Gabriel.

–¿Ir adónde? –preguntó Miss Ivors.

–Bueno, mire, todos los años voy a una vuelta ciclística con algunos compañeros y entonces…

–Pero ¿dónde? –repitió Miss Ivors.

–Bueno, generalmente vamos a Francia o Bélgica o quizás a Alemania –dijo Gabriel cortado.

–¿Y por qué va a Francia y a Bélgica, en vez de visitar su propia tierra?

–En fin, en parte es para mantener el contacto con los idiomas y en parte para variar.

–Y para mantener ese contacto, ¿no tiene el irlandés, su propio idioma?

–Bueno –respondió Gabriel– si de esto se trata, sabe, el irlandés no es mi idioma.

Sus vecinos se dieron vuelta para escuchar el

interrogatorio. Nervioso, Gabriel miró a izquierda y derecha y trató de conservar el buen humor, frente al asedio que le ruborizaba.

–¿Y no tiene su propia tierra para recorrer –siguió Miss Ivors– de la que no conoce nada, su propio pueblo, su propio país?

–Para decirle la verdad –dijo Gabriel de golpe– mi propio país me enferma, ¡me tiene harto!

–¿Por qué? –interrogó Miss Ivors.

Acalorado por su réplica, Gabriel no respondió.

–¿Por qué? –insistió la joven.

Debían cruzarse con otra pareja y como no le había contestado, Miss Ivors dijo con calidez:

–Por supuesto, usted no tiene respuesta.

Gabriel trató de ocultar su agitación bailando con gran energía. Evitó mirarla al percibir en ella una expresión amarga. Pero al reencontrarse en la cadena, se sorprendió al sentir que le tomaba firmemente la mano. Ella lo miró divertida alzando las cejas hasta que él se sonrió. Luego, cuando la cadena estaba a punto de recomenzar, se paró en puntas de pie y le susurró al oído:

–¡Inglesito!

Cuando acabó la danza, Gabriel se fue a un rincón remoto de la habitación donde estaba sentada la madre de Freddy Malins. Era una vieja canosa, corpulenta y débil. Como a su hijo, se le quebraba la voz y tartamudeaba ligeramente. Le habían dicho que Freddy había llegado y que estaba casi bien. Gabriel le preguntó si había tenido un buen viaje. Vivía con su hija casada en Glasgow y venía de visita a Dublin una vez por año. Respondió plácidamente que había tenido una hermosa travesía y que el capitán había sido de lo más atento. También habló de la hermosa casa de su hija en Glasgow y de todos los amigos que tenían allí.

Mientras ella le daba a la lengua, Gabriel trató de borrar de su mente el incidente desagradable con Miss Ivors. Por supuesto, la muchacha o mujer o lo que fuese, era una activista, pero había un tiempo para cada cosa. Quizás no debía haberle contestado de ese modo. Pero ella no tenía derecho a llamarlo pro inglés delante de la gente, ni siquiera en broma. Había tratado de ponerlo en ridículo, asediándolo y escudriñándolo con sus ojos de conejo.

Vio que su esposa se abría camino entre las parejas que valseaban. Al aproximarse, le dijo al oído.

—Gabriel, a tía Kate le gustaría saber si vas a trinchar el ganso, como haces siempre. Miss Daly cortará el jamón y yo me ocupo del budín.

—Está bien —dijo él.

—En cuanto termine el vals, sentará primero a los chicos, para que quede la mesa libre para nosotros.

—¿Estuviste bailando?

—Por supuesto, ¿no me viste? ¿Qué discutías con Miss Ivors?

—No discutimos. ¿Por qué? ¿Ella dijo algo?

—Algo así. Estoy tratando de hacer cantar a Mr D'Arcy. Es un creído, me da la impresión.

—No nos peleamos —protestó Gabriel malhumorado— solo que quería que fuese a una excursión por el oeste de Irlanda y le dije que no.

Excitada, su mujer juntó las manos y pegó un saltito.

—¡Ay, vamos, Gabriel! Me encantaría volver a Galway —exclamó.

—Puedes ir, si te gusta —dijo él fríamente.

Ella lo contempló un momento y después se volvió hacia Mrs Malins y dijo:

—Esto es lo que se llama un buen marido, Mrs Malins.

Mientras ella se alejaba zigzagueante a través del salón, Mrs Malin, sin advertir la interrupción, siguió contándole a Gabriel de los lugares lindos que había en Escocia y de su paisaje hermoso. Su yerno las llevaba a los lagos todos los años y salían de pesca. Era un pescador espléndido. Una vez sacó un pez regio, muy grande, y el hombre del hotel se los cocinó para la cena.

Gabriel apenas la oía. Ahora que se acercaba la comida comenzó a pensar de nuevo en su discurso y en las citas. Cuando vio a Freddy Malins acercarse para estar con la madre, Gabriel le dejó la silla y se recluyó en el hueco de la ventana. El cuarto ya se había despejado y de atrás llegaba el estrépito de platos y cuchillos. Quienes seguían todavía en el salón parecían cansados y conversaban quedamente en pequeños grupos. Los dedos temblorosos y calientes de Gabriel tamborilearon en el vidrio gélido de la ventana. ¡Qué frío haría afuera! ¡Que agradable sería caminar solo, primero a la orilla del río y luego por el parque! La nieve se juntaría en la ramas de los árboles y pondría un gorro brillante en la punta del monumento a Wellington. ¡Cuánto más agradable estar allí y no en la cena!

Repasó los temas del discurso: hospitalidad irlandesa, memorias tristes, las Tres Gracias, Paris, cita de Browning. Se repitió una frase que había escrito en su artículo: *uno siente que escucha una música atormentada por las ideas.* Miss Ivors había elogiado la crítica. ¿Era sincera? ¿Tendría una vida aparte, fuera de tanto activismo? Nunca hubo entre ellos enojos hasta esa noche. Le enervaba pensar que ella estaría en la mesa mientras hablaba, mirándolo con ojos interrogantes y críticos. Quizás ni lamentaría verlo fracasar en su discurso. Se le ocurrió una idea que lo envalentonó. Diría, aludiendo a tía Kate y a tía Julia: *Damas y caballeros, la generación que ahora se está retirando puede haber tenido sus fallas, pero por mi parte pienso que poseía ciertas cualidades de hospitalidad, de humor, de humanidad, que le faltan, pienso, a la nueva generación tan seria e hipereducada que crece en nuestro entorno.* Muy bien: esa iría para Miss Ivors. ¿Qué importaba que sus tías fueran solo dos viejas ignorantes?

Un murmullo en la sala desvió su atención. Desde la puerta avanzaba Mr Browne, escoltando galantemente a tía Julia que, apoyada sobre su brazo, sonreía cabizbaja. Una salva entrecortada de aplausos la acompañó hasta el piano y se apagó gradualmente a medida que Mary Jane se ubicaba en la banqueta y tía Julia, ya sin sonreír, se daba media vuelta para dirigir mejor su voz a la audiencia. Gabriel reconoció el preludio. Era una vieja canción de tía Julia, *"Ataviada para la boda"*. Su voz, fuerte y clara, atacó con energía las escalas que decoraban la pieza y aunque cantó muy rápido, no se perdió ni una fioritura. Si se seguía la voz, sin mirar la cara de la cantante, se podía sentir y compartir la excitación de un vuelo rápido y seguro. Gabriel aplaudió sonoramente con los demás al final de la canción, y un aplauso estruendoso llegó desde la mesa invisible de la cena. Sonaron tan genuinos que un ligero rubor pareció encederse en la cara de tía Julia, mientras se inclinaba para devolver al atril el viejo cancionero encuadernado en cuero y con sus iniciales en la tapa.

Freddy Malins que había escuchado con la cabeza ladeada para oirla mejor, seguía aplaudiendo cuando los otros ya habían acabado y hablaba animadamente con la madre, quien cabeceaba lenta y gravemente su acuerdo.

Por último, cuando ya no pudo aplaudir más, se incorporó y cruzó corriendo la habitación en pos de tía Julia, cuya mano atrapó y estrechó entre las suyas, sacudiéndola cuando le faltaban las palabras o el quiebre de la voz lo superaba.

—Le decía recién a mi madre que nunca la había oído cantar tan bien. Nunca —dijo— no, nunca había oído tan buena su voz como esta noche. ¡Como nunca ahora! Ahora, ¿lo puede creer? Es verdad. Palabra de honor que es la verdad. Nunca oí su voz tan fresca y tan...tan clara y fresca, nunca.

Tía Julia sonrió anchamente y murmuró algo sobre elogios, en tanto liberaba la mano del apretón. Mr Browne la señaló con una mano abierta y dijo, como un animador que presentara un prodigio a la audiencia:

–Miss Julia Morkan, mi último hallazgo.

Se estaba riendo con ganas de su propia gracia cuando Freddy Malins se dio vuelta hacia él y le dijo:

–Bueno, Browne, si lo dice en serio su hallazgo podría haber sido peor. Lo único que digo es que jamás la oí cantar así de bien desde que vengo aquí. Es la pura verdad.

–Y yo tampoco. Creo que su voz ha mejorado mucho –coincidió Mr Browne.

Tía Julia se encogió de hombros y comentó con modesto orgullo:

–Hace treinta años no tenía una voz tan mala, después de todo.

–Le he dicho a menudo a Julia –dijo tía Kate enfática– que a ella simplemente la arrumbaron en ese coro. Pero nunca quiso oírme.

Se volvió como si apelase a la sensatez de los demás, al hablar de un niño incorregible; en tanto, tía Julia miraba al vacío, una vaga sonrisa reminiscente jugando en su cara.

–¡No! –prosiguió tía Kate– no se iba a dejar dirigir ni decir nada por nadie, trabajando en ese coro como esclava día y noche, noche y día. ¡A las seis de la mañana en Navidad! Y todo, ¿para qué?

–¿No es acaso para la gloria de Dios, tía Kate? –preguntó con una sonrisa Mary Jane, girando en la banqueta del piano.

Airada, Tía Kate enfrentó a su sobrina:

–Sé muy bien de qué se trata esto de honrar a Dios, Mary Jane, pero pienso que el Papa no está honrando nada cuando saca a las mujeres de los coros donde han cantado la vida entera como esclavas y les pone encima a esos chiquillos mequetrefes. Supongo que es para el bien de la Iglesia, si lo hace el Papa. Pero no es justo, Mary Jane, y no está bien.

Se había apasionado y habría continuado la defensa de su hermana, porque la cuestión le dolía, pero Mary Jane, viendo que las parejas de baile habían vuelto, intervino conciliadora.

–Vamos, tía Kate, estás escandalizando a Mr Browne, que es de la otra creencia.

Tía Kate miró a Mr Browne que sonreía por la alusión a su religión y dijo apurada:

–No cuestiono que el Papa tenga razón. Yo soy sólo una vieja estúpida y no presumiría de tanto. Pero existen cosas tales como la cortesía y la gratitud diarias. Y si yo estuviese en el lugar de Julia, le diría en la cara al Padre Healey…

–Y además, tía Kate, todos tenemos hambre –dijo Mary Jane– y cuando tenemos hambre, nos ponemos peleadores.

–Y cuando estamos sedientos, también nos ponemos peleadores –agregó Mr Browne.

–Así que mejor vamos a cenar –dijo Mary Jane– y seguimos después la discusión.

En el rellano, Gabriel encontró a su mujer y a Mary Jane tratando de persuadir a Miss Ivors de quedarse a cenar. Pero Miss Ivors, que se había puesto el sombrero y se abotonaba el abrigo, no quería. No tenía nada de hambre y ya se había quedado demasiado.

–Solo diez minutos, Molly –dijo Mrs Conroy– no es

tanta demora.

–Para que comas algo –dijo Mary Jane– después de tanto baile.

–De veras, no puedo –dijo Miss Ivors.

–Me parece que no lo pasaste nada bien –dijo Mary Jane desencantada.

–Nunca tan bien, les aseguró –dijo Miss Ivors– pero ahora realmente déjenme ir.

–Pero ¿cómo vas a tu casa? –preguntó Mrs Conray.

–Está a dos pasos, subiendo desde el muelle.

Gabriel dudó un momento y ofreció:

–Si me permite, Miss Ivors, si realmente tiene que irse, la acompaño.

Pero Miss Ivors se apartó de ellos.

–Ni hablar –exclamó– por el amor de Dios, vayan a la cena y no se ocupen de mí. Me cuido muy bien sola.

–Bueno, eres rara, Molly –dijo francamente Mrs Conray.

–*Beannacht libh* –exclamó Miss Ivors riendo al bajar la escalera.

Con una expresión intrigada y molesta, Mary Jane la miró irse, al tiempo que Mrs Conray se asomaba a la baranda para oír si se cerraba la puerta del zaguán. Gabriel se preguntó si él era la causa de la partida abrupta. Pero ella no parecía enojada, se había ido riendo. Abstraído, miró escaleras abajo.

En ese instante tía Kate llegó del comedor con paso inseguro, retorciendo casi las manos con desesperación.

–¿Dónde está Gabriel? –clamó– ¿Dónde se metió Gabriel? Todos están esperando ahí, ya listos, y no hay nadie para trinchar el ganso.

–¡Aquí estoy, tía Kate! –gritó Gabriel, súbitamente animado– listo para trinchar una bandada de gansos, si es necesario.

Un ganso marrón y gordo yacía en una punta de la mesa, y en la otra punta, sobre papel plegado decorado con ramas de perejil, había un gran jamón despellejado, espolvoreado con migas de pan y con un prolijo volado de papel alrededor del hueso, y cerca de este, había una carne condimentada.

Entre estos dos extremos rivales, corrían dos filas de guarniciones: dos pequeñas torres de jalea, roja y amarilla, un plato playo repleto de barras de manjar blanco y mermelada roja, un gran plato verde con forma de hoja y mango como un tallo, sobre el que había pilas de pasas violetas y almendras peladas, otro plato igual en el que descansaba un sólido rectángulo de higos de Esmirna, un plato de flan coronado con ralladura de nuez moscada, un pequeño bol lleno de caramelos y chocolates envueltos en papeles dorados y plateados y un florero de vidrio con tallos altos de apio.

En el centro de la mesa, como centinelas de una frutera que sostenía una pirámide de naranjas y de manzanas americanas, había dos antiguas jarras panzonas de vidrio facetado, una de oporto y la otra con jerez oscuro. Sobre el piano cerrado, un budín esperaba en una enorme bandeja amarilla y detrás se desplegaban tres escuadrones de botellas de cerveza, negra y blanca, y de agua mineral, alistadas según al color de sus uniformes, negros los primeros dos, con etiquetas marrones y rojas, blanco el tercer escuadrón más pequeño, con bandas verdes transversales.

Gabriel se sentó decidido a la cabecera de la mesa, verificó el filo del cuchillo y acto seguido hundió firmemente el tenedor en el ganso. Se sentía ahora a gusto, puesto que era un trinchador experto y nada en el mundo le agradaba más que hallarse a la cabecera de una mesa bien servida.

–Miss Furlong, ¿qué le doy? –preguntó– ¿un ala o una tajada de pechuga?

–Un trozo pequeño de pechuga.

–¿Y para usted, Miss Higgins?

–Ah, cualquier cosa, Mr Conray.

Mientras Gabriel y Miss Daly intercambiaban platos de ganso y platos de jamón y de carne, Lily iba de invitado en invitado con una fuente de papas calientes y enharinadas cubierta por una servilleta blanca. Era una idea de Mary Jane, quien también había sugerido puré de manzana para el ganso, pero tía Kate dijo que a ella le bastaba con un simple ganso asado sin salsa de manzana y que jamás deseaba comer nada inferior.

Mary Jane sirvió a sus alumnas y se encargó de ofrecerles las mejores tajadas, y tía Kate y tía Julia abrían y traían del piano las botellas de cerveza para los hombres y agua mineral para las damas. Hubo mucha confusión y risas y alharaca, el alboroto de órdenes y contraórdenes, de cuchillos y tenedores, de corchos y tapones de vidrio. Sin haberse servido él todavía, Gabriel empezó a servir segundas porciones en cuanto terminó la primera ronda.

Todos protestaron sonoramente, así que que aceptó beber un vaso grande de cerveza pues la tarea de trinchar lo había acalorado. Mary Jane se dedicó tranquilamente a su cena, pero tía Julia y tía Kate iban todavía a los tumbos alrededor de la mesa, pisándose los talones, entrecruzándose e intercambiando órdenes que ninguna de las dos atendía. Mr Browne les rogó que se sentaran a comer y lo mismo hizo Gabriel, pero dijeron que había tiempo de sobra, hasta que por último Freddy Malins se levantó, capturó a tía Kate y la sentó a la fuerza en su silla en medio de la carcajada general.

Cuando todo el mundo estuvo bien servido, Gabriel dijo sonriente:

–Ahora, si alguien quiere un poco más de lo que el vulgo conoce por relleno, que lo diga.

Un coro de voces lo invitó a empezar su propia cena y Lily se aproximó con tres patatas que le había reservado.

–Muy bien –dijo Gabriel amable mientras se tomaba otra cerveza introductoria– por favor, damas y caballeros, olvídense de mi existencia por un rato.

Se abocó a su cena y no participó de la conversación de la mesa, que se imponía al ruido que hacía Lily al recoger los platos. La charla era sobre la compañía de ópera que estaba entonces en el Teatro Royal. Mr Bartell D'Arcy, el tenor, un joven de tez oscura con un bigote elegante, elogió calurosamente a la contralto principal del elenco, pero Miss Furlong opinó que tenía un estilo algo vulgar. Freddy Malins dijo que había un negro primera figura, cantante en la segunda parte de la pantomima Gaiety, que tenía una de las voces de tenor más refinada que había oído jamás.

–¿Usted le ha oído? –le preguntó a Mr Bartell D'Arcy.

–No –replicó sin interés Mr Bartell D'Arcy.

–Pues me habría gustado saber qué opina de él –explicó Freddy Malins– Creo que tiene una gran voz.

–Hace falta Teddy para descubrir las cosas realmente buenas– dijo socarrón Mr Browne a la mesa.

–¿Y por qué no podría tener una buena voz? –preguntó Freddy Malins tajante– ¿Porque es sólo un negro?

Nadie contestó y Mary Jane llevó la conversación de nuevo a la opera seria. Una de sus alumnas le había dado una entrada para *Mignon*. Por supuesto, estuvo muy bien, dijo, pero le hizo pensar en la pobre Georgina Burns. Mr Browne se remontó todavía más atrás, a las viejas compañías italianas que solían venir a Dublin.Tietjens, Ilma de Murzka, Campanini, el gran Trebelli, Giuglini, Ravelli, Aramburo. Esa eran épocas cuando de veras se oía cantar en Dublin, dijo. Y contó cómo el paraíso del viejo Royal se llenaba noche a noche y cómo un tenor italiano hizo cinco bises de *Déjenme morir como un soldado*, con un *do* de pecho cada vez, y cómo los entusiastas del paraíso, desenganchaban a veces los caballos del carruaje de la *prima donna* y ellos mismos lo llevaban por las calles, tirando de la vara hasta el hotel. ¿Por qué no representaban hoy las grandes óperas de otrora, preguntó, *Dinorah, Lucrezia Borgia*? Porque no se encontraban voces capaces de cantarlas: por eso era.

–En fin –dijo Mr Bartell D'Arcy– supongo que hoy hay cantantes tan buenos como entonces.

–¿Dónde? –desafió Mr Browne.

–En Londres, París, Milán –se acaloró Mr Bartell D'Arcy– Caruso, por ejemplo, es igual de bueno, si no mejor, que cualquiera de los cantantes que usted menciona.

–Quizás –dijo Mr Browne– Aunque le diría que lo dudo mucho.

–Ah, daría cualquier cosa por oír a Caruso –dijo Mary Jane.

–Para mí –dijo tía Kate que había estado dedicada a pelar un hueso– sólo hubo un tenor. Que me gustara, digo. Pero supongo que ninguno de ustedes oyó hablar de él.

–¿Quién era, Miss Morkan? –preguntó Mr Bartell D'Arcy por cortesía.

–Se llamaba Parkinson –dijo tía Kate– lo oí cuando estaba en su apogeo y creo que tenía la voz más pura de tenor que jamás se haya oído en una garganta de hombre.

–Qué raro –dijo Mr Bartell D'Arcy– nunca oí hablar de él.

–Sí, sí, Miss Morkan tiene razón –dijo Mr Browne– recuerdo haber oído al viejo Parkinson, pero no es de mi época.

–Una voz de tenor inglés bella, pura, dulce –dijo tía Kate entusiasmada.

Como Gabriel había terminado, llevaron el enorme budín a la mesa y recomenzó el estrépito de tenedores y cucharas. La esposa de Gabriel servía las porciones de budín y hacía pasar los platos alrededor de la mesa. A mitad de camino, Mary Jane los atajaba y les añadía jalea de frambuesa o de naranja o manjar blanco y mermelada. El budín era una invención de tía Julia que le valió una multitud de elogios, aunque ella lo criticó diciendo que no estaba bastante marrón.

–Bueno Miss Morkan –dijo Mr Browne– espero ser bastante marrón para usted porque, sabe, yo soy todo marrón.

Todos los caballeros, salvo Gabriel, para quedar bien con tía Julia, probaron el budín. Como Gabriel nunca comía dulces, le dejaron el apio para él. Freddy Malins se sirvió también un tallo y se lo comió con el budín. Le habían dicho que el apio era excelente para la sangre, justo ahora que estaba en tratamiento con un médico. Mrs Malins, que había estado callada toda la cena, dijo que su hijo iría a Mount Melleray en más o menos una semana. La conversación giró entonces acerca de Mount Melleray, de la pureza de su aire sureño, de lo hospitalarios que eran los monjes y de que nunca pedían un centavo a los huéspedes.

–¿Quiere decir que un tipo puede ir e instalarse allí como si fuese un hotel y vivir bien, y luego irse sin pagar nada? –preguntó incrédulo Mr Browne.

–La mayoría, cuando se va, hace una donación al monasterio –explicó Mary Jane.

–Ojalá tuviesemos una institución así en nuestra Iglesia –dijo sincero Mr Browne.

Se asombró al oír que los monjes no hablaban, se levantaban a las dos de la madrugada y dormían en ataúdes. Preguntó para qué lo hacían.

–Es el reglamento de la orden –dijo tía Kate terminante.

–Si, pero ¿por qué? –insistió MrBrowne.

Tía Kate repitió que era el reglamento y que eso era lo que era y que no había más. Mr Browne todavía parecía no entender. Freddy Malins le explicó como pudo, que los monjes trataban de purgar los pecados de todos los pecadores del mundo exterior. La explicación no le resultó muy clara a Mr Browne, que se sonrió y dijo:

–Me gusta mucho la idea, pero ¿no les daría lo mismo un cómodo colchón a resorte en vez de un ataúd?

–El ataúd –dijo Mary Jane– es para recordarles su destino final.

Como el tema tomaba un cariz lúgubre, la mesa lo enterró en un silencio durante el cual pudo oirse a Mrs Malins decirle a su vecino en tono neutro.

–Son muy buena gente, los monjes, muy piadosos.

Las pasas y las almendras y los higos y las manzanas y las naranjas y los chocolates y los caramelos, desfilaron ahora por la mesa, y tía Julia convidó con oporto y jerez. Al principio, Mr Bartell D' Arcy no quiso beber nada, pero uno de sus vecinos lo codeó y le susurró algo que le hizo aceptar que le llenaran la copa. Y a medida que se iban llenando las últimas copas, la charla cesaba poco a poco. Siguió una pausa, rota solo por el ruido del vino y el movimiento de las sillas. Las señoritas Morkan, las tres, contemplaron el mantel. Alguien tosió una o dos veces, y algunos señores golpearon suavemente en la mesa pidiendo silencio. Silencio se hizo y Gabriel echó la silla atrás y se levantó. El golpeteo creció alentador y luego cesó por completo.

Gabriel apoyó sus diez dedos temblorosos en el mantel y nervioso sonrió al grupo. Al encontrarse con una hilera de caras vueltas hacia él, alzó los ojos a la araña. Oyó el frotar de las faldas contra la puerta de la sala; el piano tocaba un aire de vals. Quizás había gente parada en la nieve, afuera en el muelle, mirando las ventanas iluminadas y escuchando la música. Allí el aire sería puro. A distancia estaría el parque, con los árboles colmados de nieve. El monumento a Wellington luciría una refulgente gorra de nieve, que destellearía al oeste sobre el campo blanco de Fifteen Acres.

Comenzó:

–Damas y caballeros. Me toca en suerte esta noche, como en años pasados, cumplir con una tarea muy grata, pero una tarea para la cual me temo que mi pobre talento de orador sea inadecuado.

–¡No,no! –dijo Mr Browne.

–Como sea, sólo puedo pedirles que esta noche acepten mis buenas intenciones y me presten atención por un momento, mientras trato de expresar en palabras mis sentimientos en esta ocasión.

–Damas y caballeros, no es la primera vez que nos reunimos todos bajo este techo hospitalario, alrededor de esta mesa hospitalaria. No es la primera vez que hemos sido los destinatarios –o quizás, diría mejor las víctimas– de la hospitalidad de ciertas buenas señoras.

Trazó con el brazo un círculo en el aire e hizo una pausa. Todos rieron o sonrieron a tía Kate, a tía Julia y a Mary Jane, que enrojecieron de placer. Gabriel prosiguió más audaz:

–Cada año que pasa, siento más fuerte que en nuestro país no hay tradición más honorable ni que se deba guardar con mayor celo que la de esta hospitalidad. Es una tradición única en mi experiencia –y he visitado no pocos países– entre las naciones modernas. Algunos dirán que es más un defecto que algo de que jactarse. Pero aún aceptándolo, para mí es una falla principesca; una que, espero, seguiremos cultivando largamente. De algo al menos estoy seguro: mientras este techo cobije a estas bondadosas damas –y deseo de todo corazón que así sea por muchos y muchos años– la tradición de la hospitalidad irlandesa, cortés y de corazón genuinamente cálido, que nuestros ancestros nos legaron y que debemos dejar a nuestros descendientes, seguirá viva entre nosotros.

Un murmullo vigoroso de asentimiento recorrió la mesa. A Gabriel se le cruzó la idea de que Miss Ivors no se encontraba allí y de que su partida había sido descortés, y dijo con confianza en sí mismo:

–Damas y caballeros. Tenemos una nueva generación entre nosotros, una generación con nuevas ideas y principios. Es seria y entusiasta acerca de estas ideas nuevas y su entusiasmo, aún si a veces descaminado, es, creo, en esencia sincero. Pero vivimos en una época escéptica y, si se me permite esta frase, una época atormentada por las ideas. A veces temo que esta nueva generación, educada o hiper educada como está, carecerá de estas cualidades de humanidad, hospitalidad, humor afable, que pertenecieron al tiempo de ayer. Oyendo esta noche los nombres de los grandes cantantes de otrora, me pareció, debo confesar, que vivimos en una época menos espaciosa. Aquellos días podrían, sin exageración, llamarse días espaciosos y aunque no volverán, esperemos al menos, que en reuniones como esta, seguiremos todavía hablando de ellos con orgullo y cariño, y que atesoraremos en nuestros corazones la memoria de esos grandes, cuya fama el mundo no dejará de buena gana morir.

–¡Eso, eso! –dijo alto Mr Browne.

–Pero así y todo –continuó Gabriel en un tono más sosegado– siempre hay en reuniones como esta pensamientos tristes que regresan, pensamientos del pasado, de la juventud, de cambios, de caras ausentes que esta noche echamos de menos. Nuestro paso por la vida está sembrado con muchas de esas memorias tristes y si siempre las estuviésemos rumiando, no encontraríamos la fuerza para seguir con coraje nuestra tarea entre los vivos. Todos tenemos deberes y afectos vivos que reclaman, con razón, nuestra dedicación tenaz.

–Por lo tanto, no me demoraré en el pasado. No voy a

permitir que ninguna moralina lúgubre se cuele aquí esta noche. Estamos reunidos por un momento breve, fuera del trajín y del apuro de todos los días. Estamos reunidos como amigos, en un espíritu de compañerismo, como colegas, y también, hasta cierto punto, en el verdadero espíritu de camaradería, y como huéspedes de –¿cómo llamarlas?– las Tres Gracias del mundo musical de Dublin.

La mesa estalló en aplausos y risas por la ocurrencia. Tía Julia preguntó en vano a cada uno de sus vecinos qué había dicho Gabriel.

–Dice que somos las Tres Gracias, tia Julia– dijo Mary Jane.

Tía Julia no comprendió, pero levantó la mirada sonriendo a Gabriel, quien prosiguió en el mismo tenor.

–Damas y caballeros

–No intentaré esta noche hacer el papel de Paris. No intentaré elegir a una de ellas. Sería una tarea ingrata que excede mis modestas facultades. Porque cuando miro a cada una, ya sea a nuestra anfitriona principal, cuyo buen corazón, cuyo corazón demasiado bueno, se ha convertido en su símbolo entre todos los que la conocen; o a su hermana, que parece dotada de eterna juventud y cuyo canto debe haber sido una sorpresa y una revelación para muchos esta noche; o por último, pero igual de importante, cuando pienso en nuestra anfitriona más joven, talentosa, alegre, trabajadora y la mejor de las sobrinas, confieso, señoras y señores, que no sé a quién debería darle el premio.

Gabriel miró a las tías y al ver una gran sonrisa en la cara de tía Julia y lágrimas en los ojos de tía Kate, se apuró a terminar. Levantó galante su copa de oporto al tiempo que cada invitado preparaba expectante la suya, y dijo en voz más alta:

–Brindemos entonces por las tres. Brindemos por su salud, prosperidad, larga vida y por su felicidad y por el deseo de que por mucho tiempo continuen manteniendo el bien ganado lugar de honor en su profesión, así como la honra y el afecto de nuestros corazones.

Todos se pararon, copa en mano, y volviéndose a las tres señoras sentadas, cantaron al unísono liderados por Mr Browne:

Pues son buenas compañeras,
Pues son buenas compañeras,
Pues son buenas compañeras,
Y nadie lo puede negar.

La tía Kate hizo uso indisimulado de su pañuelo y hasta la tía Julia pareció conmoverse. Freddy Malins llevaba el compás con el tenedor de postre y como en una asamblea melódica, los cantantes se miraban entre ellos, mientras repetían con énfasis:

Y si lo niega, miente,
Y si lo niega, miente.

Y mirando otra vez a sus anfitrionas cantaron:

Pues son buenas compañeras,
Pues son buenas compañeras,
Pues son buenas compañeras,
Y nadie lo puede negar.

Siguió una aclamación que se contagió a los otros invitados más allá la puerta del comedor y que se repitió una y otra vez, con Freddy Malins como director y su tenedor como batuta.

El aire punzante de la madrugada invadió el hall donde se hallaban, tanto que tía Kate dijo:

–Que alguien cierre esa puerta. Mrs Malins se va a morir de frío.

–Browne está afuera, tía Kate –dijo Mary Jane.

–Browne está en todas partes –dijo tía Kate en voz baja.

Mary Jane se rió de su inflexión.

–Es verdad –subrayó maliciosa– es *tan* atento.

–Quedó instalado aquí como cañería de gas –dijo tía Kate en el mismo tono– para toda la Navidad.

Se rió de sus propias palabras, ahora de buena gana, y agregó de inmediato:

–Pero dile que entre, Mary Jane, y cierra la puerta. Ojalá que no me haya oído.

En ese instante se abrió la puerta del hall y Mr Browne entró del zaguán muerto de risa. Llevaba puesto un largo sobretodo verde con cuello y puños de imitación astracán y en la cabeza, un gorro ovalado de piel. Señaló el muelle nevado desde donde se oían silbidos largos y agudos.

–Teddy está llamando a todos los coches de Dublin –comentó.

De la pequeña despensa detrás de la oficina, salió Gabriel lidiando con el sobretodo y al mirar alrededor, preguntó:

–¿Gretta todavía no bajó?

–Está buscando sus cosas, Gabriel –dijo tía Kate.

–¿Quién está tocando arriba? –quiso saber él entonces.

–Nadie. Se han ido todos.

–Oh no, tía Kate –dijo Mary Jane– Bartell D'Arcy y Miss O'Callaghan aún no se fueron.

–Pero alguien se divierte con el piano –dijo Gabriel.

Mary Jane miró a Gabriel y a Mr Browne y dijo con un escalofrío:

–Me congelo de mirarlos, señores, así abrigados como están. Yo no querría volver a casa a esta hora.

–En este minuto, nada me vendría mejor que una regia caminata por el campo o un paseo rápido con un buen caballo entre las varas –afirmó enfático Mr Browne.

–Solíamos tener un buen caballo y un coche en casa –dijo nostálgica tía Julia.

—El siempre bien recordado Johnny —se rió Mary Jane.
Tía Kate y Gabriel también se rieron.

—¿Por qué? ¿Qué tenía Johnny de maravilloso?

—El muy llorado Patrick Morkan, es decir nuestro
abuelo —explicó Gabriel— más conocido en sus últimos años
como el viejo caballero, fabricaba pegamento.

—Vamos, Gabriel, que tenía una fábrica de almidón
—dijo tía Kate riendo.

—Como sea, pegamento o almidón —dijo Gabriel— el
viejo señor tenía un caballo llamado Johnny. Y Johnny
trabajaba en la fábrica del viejo señor dando vueltas y
vueltas a la noria. Hasta ahí todo bien; pero ahora viene la
parte trágica acerca de Johnny. Un día, al viejo caballero se
le ocurrió que le gustaría alternar con la gente fina, en un
desfile militar que había en el parque.

—El Señor se apiade de su alma —dijo tía Kate
compasiva.

—Amén —dijo Gabriel— entonces, como iba diciendo,
el viejo caballero le puso el arnés a Johnny y él se puso su
mejor galera y su mejor cuello duro y salió con gran estilo de
su mansión ancestral, más o menos cerca de Back Lane, creo.

Todos se rieron, incluida Mrs Malins, de la manera
como Gabriel contaba, y tía Kate dijo:

—Bueno, Gabriel, no vivía en Back Lane, allí sólo tenía
la fábrica.

—Salió de la casa de sus antepasados —siguió Gabriel—
en el coche tirado por Johnny. Y todo iba perfecto hasta que
Johnny vio la estatua del rey Guillermo, y fuese porque se
enamoró del caballo de Guillermito o porque se creyó de
nuevo en la fábrica, lo cierto es que comenzó a dar vueltas
a la estatua.

Gabriel anduvo al paso y en círculo con sus galochas
por el hall, en medio de la carcajada general.

—Vueltas y vueltas dio —dijo Gabriel— y el viejo

caballero que era un viejo caballero muy pomposo, se indignó enormemente: ¡*Vamos! ¿Qué haces? ¡Johnny! ¡Johnny! ¡Qué conducta increible! ¡Qué pasa con este caballo!*

Un golpe estruendoso en la puerta de entrada interrumpió las carcajadas que acompañaban a la mímica de Gabriel. Mary Jane corrió a abrir e hizo entrar a Freddy Malins, quien con el sombrero echado bien atrás y los hombros encogidos de frío, resoplaba y echaba vapor por el ejercicio.

–Solo pude conseguir un coche –anunció.

–Nosotros encontraremos otro por el muelle –dijo Gabriel.

–Sí –dijo tía Kate– mejor no dejar a Mrs Malins parada ahí con este viento.

Su hijo y Mr Browne ayudaron a Mrs Malin a bajar los escalones y luego de varias maniobras la izaron al coche. Freddy Malins trepó detrás y paso un rato acomodándola en el asiento ayudado por los consejos de Mr Browne. Finalmente quedó bien instalada y Freddy Malins invitó a Mr Browne a subir. Hubo bastante charla confusa y Mr Browne subió al coche. El cochero se puso la manta en el regazo y se inclinó para pedir la dirección. La confusión creció y Freddy Malins y Mr Browne, cada uno con la cabeza asomada por su ventanilla, le dieron al cochero instrucciones distintas. La cuestión era dónde dejar a Mr Browne en el camino y tía Kate, tía Julia y Mary Jane contribuían al debate desde la puerta, con instrucciones cruzadas y muchas risas. Freddy Malins a su vez no podía hablar de risa, y metía y sacaba la cabeza sin parar por la ventana poniendo en peligro su sombrero, mientras le contaba a la madre cómo iba la discusión, hasta que Mr Browne, imponiéndose al estruendo de las carcajadas, le gritó al desconcertado cochero:

–¿Conoce Trinity College?

–Sí, señor.

–Bueno, vaya hasta los portones de Trinity College –instruyó Mr Browne– y después le decimos. ¿Entiende ahora?

–Sí, señor.

–Vamos, volando a Trinity College.

–Bien, señor –dijo el cochero.

Le dio fuerte con el látigo al caballo y el coche traqueteó al borde del muelle en medio de un coro de risas y adioses.

Gabriel no había ido a la puerta con los demás. Estaba en un lado en sombras de la entrada y miraba escaleras arriba. Una mujer también en la sombra, se hallaba parada cerca del primer rellano. No veía su cara pero podía ver las bandas de la falda, rosa salmón y terracota, que la penumbra volvía blanquinegras. Era su esposa. Se apoyaba en la baranda escuchando algo. Gabriel se sorprendió de su quietud y aguzó el oído para escuchar también. Pero poco podía oír por el ruido de las risas y la discusión en los escalones de la entrada, apenas unos pocos arpegios en el piano y notas de una canción que un hombre cantaba.

Permaneció inmóvil en la tiniebla del hall, tratando de adivinar la melodía y contemplando a su mujer. Había gracia y misterio en su postura como si ella fuese el símbolo de algo. Se preguntó de qué sería símbolo una mujer en la escalera y en la sombra, oyendo una música distante. Si fuese un pintor, él la pintaría como estaba: el sombrero de fieltro azul resaltaría el bronce del pelo en la oscuridad y las bandas oscuras de la falda resaltarían las claras. *Musica Distante* llamaría al cuadro, si hubiese sido pintor.

La puerta cancel se cerró y tía Kate, tía Julia y Mary Jane volvieron al vestíbulo todavía riendo.

–¿No es terrible este Freddy? –dijo Mary Jane– realmente es terrible.

Gabriel no dijo nada; señaló la escalera donde su mujer se hallaba. Ahora que la puerta cancel estaba cerrada, la voz y el piano se oían mejor. Sonaba como una canción en la escala irlandesa antigua y el cantante no parecía seguro ni de la letra ni de su voz. Quejosa debido a la distancia y a la carraspera del cantante, la voz ilustraba apenas la cadencia de la melodía con palabras que expresaban dolor.

Oh, moja la lluvia mi pelo pesado
Y el rocío moja mi piel,
Mi niño tiene frío.

¡Ah! –exclamó Mary Jane– es Bartell D'Arcy el que canta y no quiso cantar en toda la noche. Ah, lo voy a hacer cantar antes de que se vaya.

–Sí, por favor, Mary Jane –dijo tía Kate.

Mary Jane se adelantó a los demás y corrió a la escalera, pero antes de llegar, el canto cesó y el piano se cerró abruptamente.

–¡Ay, qué pena! –volvió a exclamar– ¿Ya está bajando, Gretta?

Gabriel oyó a su esposa decir que sí y la vio bajar. Pasos atrás venían Mr Bartell D'Arcy y Miss O'Callaghan.

–Oh, Mr D'Arcy –protestó Mary Jane– qué malo que es usted de interrumpir así cuando todos estabamos extasiados escuchándolo.

–Lo he perseguido toda la noche –dijo Miss O'Callaghan– y Mrs Conroy también. Nos dijo que tenía un resfrío terrible y que no podía cantar.

–Mr D'Arcy –intervino tía Kate– ese sí que es un bonito cuento.

–¿No ven que estoy ronco como un cuervo? –dijo Mr D'Arcy con rudeza.

Se fue apurado a la despensa a ponerse el sobretodo.

Los demás, sorprendidos por el exabrupto, no atinaron a decir nada. Tía Kate frunció las cejas y les hizo señas para que cambiaran de tema. Mr D'Arcy erguido y ceñudo, se abrigaba la garganta con cuidado.

—Es el clima —dijo tía Julia, después de una pausa.

—Sí, todo el mundo se resfría —coincidió tía Kate de inmediato— todo el mundo.

—Dicen que no hemos tenido una nevada como esta en treinta años y el diario decía esta mañana que está nevando en toda Irlanda —agregó Mary Jane.

—A mí me encanta la nieve —dijo tía Julia melancólicamente.

—A mí también —dijo Miss O'Callaghan— pienso que una Navidad no es Navidad si no hay nieve en el suelo.

—Pero al pobre Mr D'Arcy no le gusta la nieve —dijo tía Kate sonriendo.

Mr D'Arcy salió de la despensa, abotonado y bien abrigado y en tono arrepentido contó la historia de su resfrío. Todos le dieron consejos, dijeron qué lástima y le recomendaron protegerse bien la garganta del aire nocturno. Gabriel miraba a su mujer, que no participaba en la charla.

Estaba parada bajo el tragaluz polvoriento, y la llama del farol alumbraba el vivo bronce de su pelo, que él le había visto secar junto al fuego pocos días antes. Seguía en la misma pose y parecía no atender a la charla alrededor. Finalmente se volvió y Gabriel notó sus mejillas encendidas y sus ojos brillantes. Una ola de alegría le inundó el corazón.

—Mr D'Arcy —preguntó Gretta— ¿cómo se llama esa canción que cantaba?

—Se llama *La chica de Aughrim* —dijo Mr D'Arcy— pero no me la acordaba bien. ¿Por qué? ¿La conoce?

—*La chica de Aughrim* —repitió ella— no recordaba el nombre.

—Es una melodía muy bonita —dijo Mary Jane— me

apena que no tuviese voz esta noche.

–No molestes a Mr D'Arcy, Mary Jane –intervino tía Kate– no quiero que lo molesten.

Y viendo que estaban todos listos, los arreó a la puerta, donde se dijeron buenas noches.

–Bueno, buenas noches, tía Kate, y gracias por esta velada agradable.

–¡Buenas noches, Gabriel! ¡Buenas noches, Gretta!

–Buenas noches, tía Kate, y muchísimas gracias. Buenas noches, tía Julia.

–Buenas noches, Gretta. No te había visto.

–Buenas noches, Mr D'Arcy. Buenas noches, Miss O'Callaghan.

–Buenas noches, Miss Morkan.

–Buenas noches, otra vez.

–Buenas noches a todos. Que lleguen bien a casa.

–Buenas noches. Buenas noches.

Todavía el alba estaba oscura. Una luz amarilla, mortecina pendía sobre casas y río; el cielo parecía descender. Bajo los pies se derretía sucia la nieve y solo quedaban cintas y retazos de la nevada en los techos, en las verjas, en los parapetos del muelle.

Los faroles aún ardían rojizos en el aire brumoso y al otro lado del río, el palacio de Four Courts se erguía amenazante contra el cielo pesado.

Gretta caminaba delante con Mr Bartell D'Arcy, con los zapatos bajo el brazo envueltos en papel marrón, y las manos ocupadas en alzar la falda para no embarrarla. Ya no tenía aquella gracia en la postura, pero a Gabriel todavía le brillaban los ojos de felicidad.

La sangre se le agolpaba en las venas y los pensamientos se le atropellaban orgullosos, felices, tiernos, valerosos.

Caminaba delante de él tan leve y tan erecta que ansió correr sigiloso tras ella, tomarla por los hombros y decirle algo tonto y cariñoso en el oído. Le pareció tan frágil que deseó defenderla de lo que fuera, para después quedarse a solas con ella. Momentos de su vida secreta en común, irrumpieron en su recuerdo como estrellas. Había un sobre violeta cerca de la taza de desayuno y él lo acariciaba con la mano. Los pájaros piaban en la hiedra y la soleada telaraña de la cortina rielaba por el suelo: no podía comer de pura dicha. Parados en un andén lleno de gente, él le ponía el boleto en la tibia palma enguantada y de pie en el frío, contemplaban a través de una ventana enrejada a un hombre que hacía botellas en un horno rugiente. Hacía mucho frío. La cara de ella, fragante en el aire helado, estaba muy cerca de la suya y de pronto le había gritado al hombre del horno.

—¿Está caliente el fuego, señor?

Pero el hombre no podía oírla por el ruido del horno. Mejor así. Podría haberle contestado mal.

Una ola de dicha aún más tierna le brotó del corazón y le inundó cálidamente las arterias. Como un tierno fuego de estrellas, momentos de la vida compartida, que nadie conocía ni sabría nunca, se encendieron luminosos en su memoria. Ansió que ella recordara esos momentos para que se olvidara de los años de convivencia tediosa y recordara solo los momentos de éxtasis. Pues los años, sintió, no habían apagado su alma ni la de ella. Los hijos, sus escritos, las tareas domésticas de ella, no habían apagado el fuego tierno de sus almas. En una carta que él le había escrito entonces, había puesto: *¿Por qué palabras como éstas me resultan tan frías y anodinas? ¿Es porque no hay palabra bastante tierna para nombrarte?*

Como una música distante estas palabras escritas

años atrás, volvían del pasado. Quiso estar con ella a solas. Cuando los demás se hubiesen ido, cuando estuvieran en el cuarto del hotel, estarían entonces a solas. La llamaría en voz baja:

–¡Gretta!

Quizás no oiría de inmediato, se estaría desvistiendo. Pero algo en su voz le llamaría la atención, se daría vuelta y lo miraría…

En la esquina de la calle Winetavern encontraron un coche. Se alegró del traqueteo que lo salvaba de la conversación. Ella miraba por la ventana y parecía cansada. Los otros decían algo, poco, sobre alguna calle o algún edificio. El caballo trotaba cansinamente bajo el cielo lóbrego de la madrugada, arrastrando tras sus cascos la vieja caja traqueteante, y Gabriel estaba de nuevo en un coche con ella, galopando para alcanzar el barco, galopando a su luna de miel.

Cuando el coche cruzaba el puente O'Connell, Miss O'Callaghan dijo:

–Dicen que uno nunca cruza el puente O'Connell sin ver un caballo blanco.

–Esta vez yo veo un hombre blanco– dijo Gabriel.

–¿Dónde?– preguntó Mr Bartell D'Arcy.

Gabriel señaló la estatua que tenía parches de nieve. La saludó con la mano y un cabezazo confianzudo.

–Buenas noches, Dan –le dijo alegremente.

Cuando el coche se arrimaba al hotel, Gabriel se bajó de un salto y a pesar de las protestas de Mr Bartell Dárcy, le pagó al cochero. Le dio un chelín de propina y el hombre lo saludó:

–Un próspero año nuevo para usted, señor.

–Lo mismo para usted, dijo Gabriel cordialmente.

Ella por un momento se apoyó en su brazo al bajar del coche y cuando se pararon en el cordón de la vereda para dar las buenas noches. Se apoyó levemente, tan levemente como cuando bailaba con él unas pocas horas antes. Se había sentido entonces orgulloso y feliz, feliz de que era suya, orgulloso de su gracia y de su porte de esposa. Ahora, al encenderse otra vez tantas memorias, al primer contacto de su cuerpo, musical y extraño y perfumado, sintió un aguijón intenso de deseo. Con la excusa del silencio, apretó el brazo de ella a su costado y al pararse frente a la puerta del hotel, sintió que se habían fugado de la cotidianidad y sus deberes, escapado del hogar y los amigos, y que se fugaban, corazones radiantes y alocados, a una aventura nueva.

En la entrada, un viejo dormitaba en un gran sillón de orejas. El hombre encendió una vela en el despacho y caminó delante a la escalera. Lo siguieron en silencio, con pisadas suaves y sordas en la alfombra gruesa de la escalera. Ella subía detrás del conserje, la cabeza inclinada en el ascenso, los hombros frágiles encorvados como por un peso, la falda estrecha ciñéndola. Le habría rodeado las caderas, la habría detenido, pues sus brazos temblaban de deseo y solo al hincar las uñas en las palmas consiguió contener la exaltación del cuerpo.

El conserje se detuvo para ocuparse de la vela que chorreaba. Ellos también hicieron un alto detrás de él. En el silencio, Gabriel pudo oír la cera gotear en el platillo y el retumbar de su corazón contra las costillas.

El conserje los condujo por el corredor y abrió una puerta. Apoyó la vela tambaleante sobre el tocador y preguntó a qué hora querían que los despertasen.

—A las ocho —dijo Gabriel.

El viejo señaló el botón de la luz y comenzó a balbucear una disculpa, pero Gabriel lo cortó en seco.

—No queremos luz; suficiente con la de la calle. Y le diría —agregó señalando la vela— que sea buen hombre y se lleve ese bonito objeto.

El conserje alzó la vela de nuevo, aunque lentamente, sorprendido por la idea insólita. Murmuró buenas noches y se fue.

Gabriel trabó el cerrojo.

La luz espectral del farol de la calle derramaba un largo haz entre la ventana y la puerta.

Gabriel arrojó sobretodo y sombrero en un sofá y cruzó el cuarto hacia la ventana. Contempló la calle para calmar un poco la emoción. Luego se dio vuelta y se apoyó en una cómoda, de espaldas a la luz. Ella se había quitado el sombrero y la capa y estaba parada frente a un gran espejo giratorio, desabrochándose el vestido.

Él esperó un momento, observándola, y luego dijo:

–¡Gretta!

Ella se apartó despacio del espejo y por el haz de luz caminó hacia él. Su cara estaba tan seria y fatigada que Gabriel contuvo las palabras. No, todavía no, no era el momento.

–Pareces cansada –dijo.

–Un poco.

–¿No te sientes mal o débil?

–No, cansada, eso es todo.

Fue a la ventana y se paró allí mirando afuera. Gabriel aguardó otra vez y después, temeroso de que la inseguridad lo dominase, dijo abruptamente:

–A propósito, Gretta.

–¿Qué pasa?

–¿Viste a ese pobre tipo Malins? –dijo como al pasar.

–Sí. ¿Qué le pasa?

–Bueno, pobre tipo, es un muchacho correcto despues de todo –siguió en tono falso– me devolvió la libra que le presté, algo que yo por cierto no esperaba. Que lástima que no se aparte de ese Browne, porque de veras no es mala persona.

Ahora temblaba de fastidio. ¿Por qué ella parecía tan abstraída? No sabía cómo empezar. ¿Estaría a su vez fastidiada por algo? ¡Si al menos se volviera hacia él o se acercara por propia iniciativa! Abordarla así, como ella estaba, habría sido brutal.

No, primero debía percibir algo de pasión en sus ojos. Deseó imponerse al extraño estado de ánimo de la mujer.

—¿Cuándo le prestaste la libra? —preguntó ella después de una pausa.

Gabriel se dominó para no estallar en insultos contra el borrachín de Malins y su libra. Quiso llamarla con toda el alma, estrechar su cuerpo, dominarla. Pero dijo:

—En Navidad, cuando abrió en la calle Henry ese pequeño local de tarjetas para las fiestas.

Febril por la rabia y el deseo, no la oyó llegar de la ventana. Se paró frente a él un instante, mirándolo con aire extraño. Entonces, alzándose de pronto en puntas de pie y posando leves las manos en sus hombros, lo besó.

—Eres una persona muy generosa, Gabriel —dijo.

Temblando de deleite por el beso súbito y la frase curiosa, él le acarició el pelo y se lo alisó apenas con los dedos; suave y brillante lo tenía de tan limpio. El corazón le desbordó de dicha: justo cuando lo estaba deseando, ella lo buscaba por propia iniciativa. Quizás habían tenido los mismos pensamientos. Quizás había sentido su deseo impetuoso y a su vez, ella había deseado ceder. Ahora que ella se había rendido tan fácilmente, se preguntó por qué se había sentido tan inseguro.

Siguió sosteniéndole la cabeza entre las manos y luego abrazándola y atrayéndola hacia sí, dijo suavemente:

—Gretta, querida, ¿en qué piensas?

No se entregó del todo al abrazo, tampoco contestó. Y él repitió con igual suavidad:

–Dime qué es, Gretta. Creo que sé de qué se trata, ¿no es verdad?

No contestó en seguida; después irrumpió en sollozos y dijo:

–Estoy pensando en esa canción, *La chica de Aughrim*.

Se desprendió del abrazo, corrió a la cama, arrojó los brazos por sobre el borde de la baranda y ocultó la cara. Gabriel se quedó un momento helado de asombro y después la siguió. Al pasar delante del espejo, se vio de cuerpo entero: la pechera de la camisa ancha y bien rellena, la cara cuya expresión siempre le intrigaba cuando se miraba en un espejo y el destellante marco dorado de los anteojos. Se detuvo a unos pasos de ella y preguntó:

–¿Qué pasa con la canción? ¿Por qué te hace llorar?

Ella levantó la cabeza y como una niña, se secó los ojos con el dorso de la mano. El le preguntó con un tono más amable que el que habría querido:

–¿Por qué, Gretta?

–Pienso en alguién que hace mucho tiempo cantaba esa canción.

–¿Y quién era esa persona de hace tanto tiempo?– se sonrió él.

–Era alguién que frecuenté en Galway, cuando vivía con mi abuela.

La sonrisa se apagó en la cara de Gabriel. El enojo sordo se reavivó en el fondo de su mente y los ardores apagados de su pasión de nuevo se inflamaron airados en sus venas.

–¿Alguien de quien estabas enamorada? –preguntó irónico.

–Era un muchacho que conocí, se llamaba Michael Furey. Cantaba esa canción, *La Chica de Aughrim*. Era tan enfermizo.

Gabriel la escuchó callado. No quería que pensara que

le interesaba ese chico delicado.

–Puedo verlo patente –dijo ella, un momento después–
¡Tenía unos ojos, ojos grandes, oscuros! ¡Y la expresión que
tenían, cuánta expresión!

–Ah, entonces, ¿estabas enamorada?

–Salíamos a caminar, cuando yo vivía en Galway.

A Gabriel se le cruzó una idea.

–¿Era por eso, quizás, que querías ir a Galway con esa
chica Ivors? –dijo fríamente.

Ella lo miró y preguntó sorprendida:

–¿Para qué?

Su mirada lo incomodó. Se encogió de hombros y dijo:

–Qué sé yo, para verlo quizás.

Ella desvió la vista en silencio hacia la luz de la ventana.

–Está muerto –dijo por último– murió cuando tenía
apenas diecisiete años. ¿No es horrible morir tan joven?

–¿Qué hacía? –preguntó Gabriel aún irónico.

–Trabajaba en la fábrica de gas.

Gabriel se sintió humillado por el fracaso de su ironía
y la evocación de aquella figura que llegaba de entre los
muertos. Un chico de la fábrica de gas. Mientras él había
estado lleno de recuerdos de la vida secreta en común,
lleno de ternura y goce y deseo, ella callada lo había
estado comparando con otro. Lo asaltó una avergonzada
conciencia de sí mismo. Se vio como una figura ridícula,
como un mandadero de sus tías, un sentimental nervioso
y bien intencionado, un orador para gente sencilla, alguien
que idealizaba sus propias lujurias payasescas, el tipo fatuo
y lastimoso que había vislumbrado en el espejo.

Instintivamente, se puso de espaldas a la luz, para que
ella no viese la vergüenza que le ardía en la frente.

Trató de mantener un frío tono interrogante, pero
cuando habló la voz le salió humilde e indiferente.

–Supongo que estabas enamorada de Michael Furey,

Gretta —dijo.

—Me sentía muy bien con él entonces.

La voz de ella era velada y triste.

Sintiendo ahora que sería en vano llevarla adonde se había propuesto antes, Gabriel le acarició una mano y dijo triste él también:

—¿Y de qué murió tan joven, Gretta? ¿Era tuberculosis?

—Creo que se murió por mí —respondió ella.

Un vago terror se adueñó de Gabriel al oír la réplica como si, en el momento en que esperaba triunfar, un ser incorpóreo y vengativo se le pusiera en contra, aunando fuerzas en su contra desde su mundo etéreo. Pero se lo quitó de encima con un esfuerzo racional y siguió acariciándole la mano. No preguntó más; presintió que ella le contaría. Su mano, tibia y húmeda, no respondió al contacto, pero él siguió acariciándola como había acariciado su primera carta una mañana de primavera.

—Fue en invierno —dijo— al principio del invierno, cuando iba a irme de lo de mi abuela para venir aquí al convento. Y él estaba enfermo en su cuarto en Galway y no lo dejaban salir y le escribieron a su familia en Oughterard. Estaba empeorando, decían, o algo parecido. Nunca lo supe bien.

Se detuvo un momento y suspiró.

—Pobre chico. Yo le gustaba y era un muchacho tan gentil. Salíamos juntos, caminábamos, sabes Gabriel, como se hace en el campo. Habría estudiado canto, si no hubiese sido por su salud. Tenía muy buena voz, pobre Michael Furey.

—Bueno, ¿y entonces? —inquirió él.

—Y luego, cuando llegó el momento de irme de Galway al convento, empeoró aún más y no me dejaron verlo, así que le escribí una carta diciéndole que me venía a Dublin y que volvería en el verano y que esperaba que se mejorase para entonces.

Se interrumpió un instante para controlar la voz y continuó:

—Entonces la noche antes de mi partida, yo estaba en casa de mi abuela en el barrio Nuns' Island, haciendo la valija, cuando oí que alguien lanzaba piedritas contra la ventana. Pero la ventana estaba tan empañada que no podía ver. Corrí abajo, así como estaba, y salí al jardín, y ahí estaba el pobre, en el fondo, tiritando.

—¿Y no le dijiste que se volviese?

—Le rogué que volviera a su casa en seguida, le dije que esa lluvia lo iba a matar. Pero dijo que no quería vivir. Le veo aún los ojos tan bien, ¡tan claramente! Estaba parado donde terminaba el jardín, allí donde había un árbol.

—¿Y se fue a la casa?

—Sí, se fue. Y apenas una semana después de que llegué al convento, murió y lo enterraron en Oughterard, de donde era su gente. ¡Ay, el día que supe que había muerto!

Se detuvo ahogada en llanto y dominada por la emoción, se arrojó en la cama sollozando sobre la colcha. Gabriel titubeante le tomó la mano un momento más; luego, sin osar entrometerse en su pena, la dejó caer suavemente y caminó despacio a la ventana.

Ella dormía profundamente.

Gabriel, apoyado en el codo, miró un rato sin rencor su pelo enredado, su boca entreabierta, oyendo su respiración profunda. Así que ella había tenido ese romance en su vida: un hombre había muerto por ella. Apenas le dolía pensar ahora el papel tan pequeño que él, su marido, había jugado en su vida. La contempló dormir, como si él y ella nunca hubiesen sido marido y mujer. Sus ojos intrigados descansaron largamente en su cara y su pelo y mientras pensaba cómo habría sido su mujer entonces, en el tiempo de su belleza joven, una compasión extraña, fraterna por ella, le entró en el alma. No quiso admitir, ni siquiera a sí mismo, que esa cara no era ya hermosa; pero sabía que no era ya la cara por la que Michael Furey le había hecho frente a la muerte.

Quizás no le había contado la historia completa. Sus ojos se dirigieron a la silla donde ella había arrojado alguna ropa. Un cordón de la enagua colgaba hasta el piso; una bota estaba parada con la caña flácida y la otra yacía caída. Se asombró de las emociones tumultuosas de una hora atrás. ¿De dónde habían aparecido? De la cena de las tías, de su tonto discurso, del vino y del baile, del jolgorio al decirse buenas noches en la puerta, del goce de la caminata en la nevada a la orilla del río. ¡Pobre tía Julia! Ella también pronto sería una sombra con la sombra de Patrick Morkan y su caballo. El había percibido por un instante ese aire marchito en su cara, cuando cantaba "*Ataviada para la boda*". Pronto él estaría sentado en esa misma sala, vestido de negro, su sombrero de seda sobre las rodillas. Las persianas estarían bajas y tía Kate se sentaría a su lado llorando y sonándose la nariz, y le contaria cómo había muerto Julia. Hurgaría en su mente palabras para consolarla, pero sólo encontraría algunas débiles e inútiles. Sí, sí, eso ocurriría muy pronto.

El aire del cuarto le estremeció los hombros. Se acostó cauteloso bajo las sábanas, para yacer junto a su mujer. Uno a uno, todos se estaban volviendo sombras. Mejor pasar bravío al otro mundo en la plena gloria de una pasión, que sin esperanza desvanecerse y ajarse con la edad. Pensó cómo ella que yacía a su lado, había guardado en su corazón por tantos años la imagen de los ojos del amante cuando le dijo que no deseaba vivir.

Lágrimas generosas le anegaron los ojos. Nunca había sentido nada parecido por una mujer, pero supo que un sentimiento tal debía ser amor. Las lágrimas se le multiplicaron y en la penumbra imaginó que veía la silueta de un joven parado bajo un árbol llovido. Otras formas estaban cerca. Su alma se había avecinado a esa región donde moran las vastas huestes de los muertos. Tenía conciencia de ellas, pero no podía aprehender sus existencias parpadeantes y extraviadas. Su propia identidad se deshacía en un mundo gris e impalpable: el mundo sólido donde esos muertos habían procreado y vivido, se disolvía y acababa.

Un suave golpeteo en el vidrio le hizo mirar a la ventana. Había empezado a nevar otra vez. Miró adormecido los copos, plateados y oscuros, que caían oblicuos a la luz del farol. Para él había llegado el momento de emprender el viaje al poniente. Sí, los diarios tenían razón: la nieve caía en toda Irlanda. Caía en cada rincón de la planicie central oscurecida, sobre las colinas sin árboles, caía suavemente sobre la turbera de Allen, y más al oeste suavemente caía en las amotinadas, oscuras olas del Shannon. Caía también por todo el cementerio solitario, en la colina donde yacía enterrado Michel Furey. A la deriva recalaba espesa, sobre las cruces torcidas y las lápidas, en las puntas de lanza del pequeño portón y en las espinas yermas. Su alma se abismó lentamente al oír la nieve que caía débil por el universo, débilmente cayendo, como el descenso al último final, sobre todos los vivos y los muertos.

The Dead

James Joyce

Lily, the caretaker's daughter, was literally run off her feet. Hardly had she brought one gentleman into the little pantry behind the office on the ground floor and helped him off with his overcoat than the wheezy hall-door bell clanged again and she had to scamper along the bare hallway to let in another guest. It was well for her she had not to attend to the ladies also. But Miss Kate and Miss Julia had thought of that and had converted the bathroom upstairs into a ladies' dressing-room. Miss Kate and Miss Julia were there, gossiping and laughing and fussing, walking after each other to the head of the stairs, peering down over the banisters and calling down to Lily to ask her who had come.

It was always a great affair, the Misses Morkan's annual dance. Everybody who knew them came to it, members of the family, old friends of the family, the members of Julia's choir, any of Kate's pupils that were grown up enough, and even some of Mary Jane's pupils too. Never once had it fallen flat. For years and years it had gone off in splendid style as long as anyone could remember; ever since Kate and Julia, after the death of their brother Pat, had left the house in Stoney Batter and taken Mary Jane, their only niece, to live with them in the dark gaunt house on Usher's Island, the upper part of which they had rented from Mr Fulham, the corn-factor on the ground floor. That was a good thirty years ago if it was a day. Mary Jane, who was then a little girl in short clothes, was now the main prop of the household, for she had the organ in Haddington Road. She had been through the Academy and gave a pupils' concert every year in the upper room of the Antient Concert Rooms. Many of her pupils belonged to the better-class families on the Kingstown and Dalkey line. Old as they were, her aunts also did their share. Julia, though she was quite grey, was still the leading soprano in Adam and Eve's, and Kate, being too feeble to go about much, gave music lessons to beginners on the old square piano in the back room. Lily, the caretaker's daughter, did housemaid's work for them. Though their life was modest they believed in eating well; the best of everything: diamond-bone sirloins, three-shilling tea and the best bottled stout. But Lily seldom made a mistake in the orders so that she got on well with her three mistresses. They were fussy, that was all. But the only thing they would not stand was back answers.

Of course they had good reason to be fussy on such a night. And then it was long after ten o'clock and yet there was no sign of Gabriel and his wife. Besides they were dreadfully afraid that Freddy Malins might turn up screwed. They would not wish for worlds that any of Mary Jane's pupils should see him under the influence; and when he was like that it was sometimes very hard to manage him. Freddy Malins always came late but they wondered what could be keeping Gabriel: and that was what brought them every two minutes to the banisters to ask Lily had Gabriel or Freddy come.

"O, Mr Conroy," said Lily to Gabriel when she opened the door for him, "Miss Kate and Miss Julia thought you were never coming. Good-night, Mrs Conroy."

"I'll engage they did," said Gabriel, "but they forget that my wife here takes three mortal hours to dress herself."

He stood on the mat, scraping the snow from his goloshes, while Lily led his wife to the foot of the stairs and called out:

"Miss Kate, here's Mrs Conroy."

Kate and Julia came toddling down the dark stairs at

once. Both of them kissed Gabriel's wife, said she must be perished alive and asked was Gabriel with her.

"Here I am as right as the mail, Aunt Kate! Go on up. I'll follow," called out Gabriel from the dark.

He continued scraping his feet vigorously while the three women went upstairs, laughing, to the ladies' dressing-room. A light fringe of snow lay like a cape on the shoulders of his overcoat and like toecaps on the toes of his goloshes; and, as the buttons of his overcoat slipped with a squeaking noise through the snow-stiffened frieze, a cold, fragrant air from out-of-doors escaped from crevices and folds.

"Is it snowing again, Mr Conroy?" asked Lily.

She had preceded him into the pantry to help him off with his overcoat. Gabriel smiled at the three syllables she had given his surname and glanced at her. She was a slim, growing girl, pale in complexion and with hay-coloured hair. The gas in the pantry made her look still paler. Gabriel had known her when she was a child and used to sit on the lowest step nursing a rag doll.

"Yes, Lily," he answered, "and I think we're in for a night of it."

He looked up at the pantry ceiling, which was shaking with the stamping and shuffling of feet on the floor above, listened for a moment to the piano and then glanced at the girl, who was folding his overcoat carefully at the end of a shelf.

"Tell me, Lily," he said in a friendly tone, "do you still go to school?"

"O no, sir," she answered. "I'm done schooling this year and more."

"O, then," said Gabriel gaily, "I suppose we'll be going to your wedding one of these fine days with your young man, eh?"

The girl glanced back at him over her shoulder and said with great bitterness:

"The men that is now is only all palaver and what they can get out of you."

Gabriel coloured as if he felt he had made a mistake and, without looking at her, kicked off his goloshes and flicked actively with his muffler at his patent-leather shoes.

He was a stout tallish young man. The high colour of his cheeks pushed upwards even to his forehead where it scattered itself in a few formless patches of pale red; and on his hairless face there scintillated restlessly the polished lenses and the bright gilt rims of the glasses which screened his delicate and restless eyes. His glossy black hair was parted in the middle and brushed in a long curve behind his ears where it curled slightly beneath the groove left by his hat.

When he had flicked lustre into his shoes he stood up and pulled his waistcoat down more tightly on his plump body. Then he took a coin rapidly from his pocket.

"O Lily," he said, thrusting it into her hands, "it's Christmas-time, isn't it? Just ... here's a little...."

He walked rapidly towards the door.

"O no, sir!" cried the girl, following him. "Really, sir, I wouldn't take it."

"Christmas-time! Christmas-time!" said Gabriel, almost trotting to the stairs and waving his hand to her in deprecation.

The girl, seeing that he had gained the stairs, called out after him:

"Well, thank you, sir."

He waited outside the drawing-room door until the waltz should finish, listening to the skirts that swept against it and to the shuffling of feet. He was still discomposed by the girl's bitter and sudden retort. It had cast a gloom over him which he tried to dispel by arranging his cuffs and the bows of his tie. He then took from his waistcoat pocket a little paper and glanced at the headings he had made for his speech. He was undecided about the lines from Robert Browning for he feared they would be above the heads of his hearers. Some quotation that they would recognise from Shakespeare or from the Melodies would be better. The indelicate clacking of the men's heels and the shuffling of their soles reminded him that their grade of culture differed from his. He would only make himself ridiculous by quoting poetry to them which they could not understand. They would think that he was airing his superior education. He would fail with them just as he had failed with the girl in the pantry. He had taken up a wrong tone. His whole speech was a mistake from first to last, an utter failure.

Just then his aunts and his wife came out of the ladies' dressing-room. His aunts were two small plainly dressed old women. Aunt Julia was an inch or so the taller. Her hair, drawn low over the tops of her ears, was grey; and grey also, with darker shadows, was her large flaccid face. Though she was stout in build and stood erect her slow eyes and parted lips gave her the appearance of a woman who did not know where she was or where she was going. Aunt Kate was more vivacious. Her face, healthier than her sister's, was all puckers and creases, like a shrivelled red apple, and her hair, braided in the same old-fashioned way, had not lost its ripe nut colour.

They both kissed Gabriel frankly. He was their favourite nephew, the son of their dead elder sister, Ellen, who had married T. J. Conroy of the Port and Docks.

"Gretta tells me you're not going to take a cab back to

Monkstown tonight, Gabriel," said Aunt Kate.

"No," said Gabriel, turning to his wife, "we had quite enough of that last year, hadn't we? Don't you remember, Aunt Kate, what a cold Gretta got out of it? Cab windows rattling all the way, and the east wind blowing in after we passed Merrion. Very jolly it was. Gretta caught a dreadful cold."

Aunt Kate frowned severely and nodded her head at every word.

"Quite right, Gabriel, quite right," she said. "You can't be too careful."

"But as for Gretta there," said Gabriel, "she'd walk home in the snow if she were let."

Mrs Conroy laughed.

"Don't mind him, Aunt Kate," she said. "He's really an awful bother, what with green shades for Tom's eyes at night and making him do the dumb-bells, and forcing Eva to eat the stirabout. The poor child! And she simply hates the sight of it!... O, but you'll never guess what he makes me wear now!"

She broke out into a peal of laughter and glanced at her husband, whose admiring and happy eyes had been wandering from her dress to her face and hair. The two aunts laughed heartily too, for Gabriel's solicitude was a standing joke with them.

"Goloshes!" said Mrs Conroy. "That's the latest. Whenever it's wet underfoot I must put on my goloshes. Tonight even he wanted me to put them on, but I wouldn't. The next thing he'll buy me will be a diving suit."

Gabriel laughed nervously and patted his tie reassuringly while Aunt Kate nearly doubled herself, so heartily did she enjoy the joke. The smile soon faded from Aunt Julia's face and her mirthless eyes were directed towards her nephew's face. After a pause she asked:

"And what are goloshes, Gabriel?"

"Goloshes, Julia!" exclaimed her sister. "Goodness me, don't you know what goloshes are? You wear them over your ... over your boots, Gretta, isn't it?"

"Yes," said Mrs Conroy. "Guttapercha things. We both have a pair now. Gabriel says everyone wears them on the continent."

"O, on the continent," murmured Aunt Julia, nodding her head slowly.

Gabriel knitted his brows and said, as if he were slightly angered:

"It's nothing very wonderful but Gretta thinks it very funny because she says the word reminds her of Christy Minstrels."

"But tell me, Gabriel," said Aunt Kate, with brisk tact. "Of course, you've seen about the room. Gretta was saying...."

"O, the room is all right," replied Gabriel. "I've taken one in the Gresham."

"To be sure," said Aunt Kate, "by far the best thing to do. And the children, Gretta, you're not anxious about them?"

"O, for one night," said Mrs Conroy. "Besides, Bessie will look after them."

"To be sure," said Aunt Kate again. "What a comfort it is to have a girl like that, one you can depend on! There's that Lily, I'm sure I don't know what has come over her lately. She's not the girl she was at all."

Gabriel was about to ask his aunt some questions on this point but she broke off suddenly to gaze after her sister who had wandered down the stairs and was craning her neck over the banisters.

"Now, I ask you," she said almost testily, "where is Julia going? Julia! Julia! Where are you going?"

Julia, who had gone half way down one flight, came

back and announced blandly:

"Here's Freddy."

At the same moment a clapping of hands and a final flourish of the pianist told that the waltz had ended. The drawing-room door was opened from within and some couples came out. Aunt Kate drew Gabriel aside hurriedly and whispered into his ear:

"Slip down, Gabriel, like a good fellow and see if he's all right, and don't let him up if he's screwed. I'm sure he's screwed. I'm sure he is."

Gabriel went to the stairs and listened over the banisters. He could hear two persons talking in the pantry. Then he recognised Freddy Malins' laugh. He went down the stairs noisily.

"It's such a relief," said Aunt Kate to Mrs Conroy, "that Gabriel is here. I always feel easier in my mind when he's here.... Julia, there's Miss Daly and Miss Power will take some refreshment. Thanks for your beautiful waltz, Miss Daly. It made lovely time."

A tall wizen-faced man, with a stiff grizzled moustache and swarthy skin, who was passing out with his partner said:

"And may we have some refreshment, too, Miss Morkan?"

"Julia," said Aunt Kate summarily, "and here's Mr Browne and Miss Furlong. Take them in, Julia, with Miss Daly and Miss Power."

"I'm the man for the ladies," said Mr Browne, pursing his lips until his moustache bristled and smiling in all his wrinkles. "You know, Miss Morkan, the reason they are so fond of me is——"

He did not finish his sentence, but, seeing that Aunt Kate was out of earshot, at once led the three young ladies into the back room. The middle of the room was occupied by two square tables placed end to end, and on these Aunt Julia and the caretaker were straightening and smoothing a large cloth. On the sideboard were arrayed dishes and plates, and glasses and bundles of knives and forks and spoons. The top of the closed square piano served also as a sideboard for viands and sweets. At a smaller sideboard in one corner two young men were standing, drinking hop-bitters.

Mr Browne led his charges thither and invited them all, in jest, to some ladies' punch, hot, strong and sweet. As they said they never took anything strong he opened three bottles of lemonade for them. Then he asked one of the young men to move aside, and, taking hold of the decanter, filled out for himself a goodly measure of whisky. The young men eyed him respectfully while he took a trial sip.

"God help me," he said, smiling, "it's the doctor's orders."

His wizened face broke into a broader smile, and the three young ladies laughed in musical echo to his pleasantry, swaying their bodies to and fro, with nervous jerks of their shoulders. The boldest said:

"O, now, Mr Browne, I'm sure the doctor never ordered anything of the kind."

Mr Browne took another sip of his whisky and said, with sidling mimicry:

"Well, you see, I'm like the famous Mrs Cassidy, who is reported to have said: *Now, Mary Grimes, if I don't take it, make me take it, for I feel I want it.*"

His hot face had leaned forward a little too confidentially and he had assumed a very low Dublin accent so that the young ladies, with one instinct, received his speech in silence. Miss Furlong, who was one of Mary Jane's pupils, asked Miss Daly what was the name of the pretty waltz she had played; and Mr Browne, seeing that he was ignored, turned promptly to the two young men who were more appreciative.

A red-faced young woman, dressed in pansy, came into the room, excitedly clapping her hands and crying:

"Quadrilles! Quadrilles!"

Close on her heels came Aunt Kate, crying:

"Two gentlemen and three ladies, Mary Jane!"

"O, here's Mr Bergin and Mr Kerrigan," said Mary Jane. "Mr Kerrigan, will you take Miss Power? Miss Furlong, may I get you a partner, Mr Bergin. O, that'll just do now."

"Three ladies, Mary Jane," said Aunt Kate.

The two young gentlemen asked the ladies if they might have the pleasure, and Mary Jane turned to Miss Daly.

"O, Miss Daly, you're really awfully good, after playing for the last two dances, but really we're so short of ladies tonight."

"I don't mind in the least, Miss Morkan."

"But I've a nice partner for you, Mr Bartell D'Arcy, the tenor. I'll get him to sing later on. All Dublin is raving about him."

"Lovely voice, lovely voice!" said Aunt Kate.

As the piano had twice begun the prelude to the first figure Mary Jane led her recruits quickly from the room. They had hardly gone when Aunt Julia wandered slowly into the room, looking behind her at something.

"What is the matter, Julia?" asked Aunt Kate anxiously. "Who is it?"

Julia, who was carrying in a column of table-napkins, turned to her sister and said, simply, as if the question had surprised her:

"It's only Freddy, Kate, and Gabriel with him."

In fact right behind her Gabriel could be seen piloting Freddy Malins across the landing. The latter, a young man of about forty, was of Gabriel's size and build, with very round shoulders. His face was fleshy and pallid, touched with colour only at the thick hanging lobes of his ears and at the wide wings of his nose. He had coarse features, a blunt nose, a convex and receding brow, tumid and protruded lips. His heavy-lidded eyes and the disorder of his scanty hair made him look sleepy. He was laughing heartily in a high key at a story which he had been telling Gabriel on the stairs and at the same time rubbing the knuckles of his left fist backwards and forwards into his left eye.

"Good-evening, Freddy," said Aunt Julia.

Freddy Malins bade the Misses Morkan good-evening in what seemed an offhand fashion by reason of the habitual catch in his voice and then, seeing that Mr Browne was grinning at him from the sideboard, crossed the room on rather shaky legs and began to repeat in an undertone the story he had just told to Gabriel.

"He's not so bad, is he?" said Aunt Kate to Gabriel.

Gabriel's brows were dark but he raised them quickly and answered:

"O, no, hardly noticeable."

"Now, isn't he a terrible fellow!" she said. "And his poor mother made him take the pledge on New Year's Eve. But come on, Gabriel, into the drawing-room."

Before leaving the room with Gabriel she signalled to Mr Browne by frowning and shaking her forefinger in warning to and fro. Mr Browne nodded in answer and, when she had gone, said to Freddy Malins:

"Now, then, Teddy, I'm going to fill you out a good glass of lemonade just to buck you up."

Freddy Malins, who was nearing the climax of his story, waved the offer aside impatiently but Mr Browne, having first called Freddy Malins' attention to a disarray in his dress, filled out and handed him a full glass of lemonade.

Freddy Malins' left hand accepted the glass mechanically, his right hand being engaged in the mechanical readjustment of his dress. Mr Browne, whose face was once more wrinkling with mirth, poured out for himself a glass of whisky while Freddy Malins exploded, before he had well reached the climax of his story, in a kink of high-pitched bronchitic laughter and, setting down his untasted and overflowing glass, began to rub the knuckles of his left fist backwards and forwards into his left eye, repeating words of his last phrase as well as his fit of laughter would allow him.

Gabriel could not listen while Mary Jane was playing her Academy piece, full of runs and difficult passages, to the hushed drawing-room. He liked music but the piece she was playing had no melody for him and he doubted whether it had any melody for the other listeners, though they had begged Mary Jane to play something. Four young men, who had come from the refreshment-room to stand in the doorway at the sound of the piano, had gone away quietly in couples after a few minutes. The only persons who seemed to follow the music were Mary Jane herself, her hands racing along the keyboard or lifted from it at the pauses like those of a priestess in momentary imprecation, and Aunt Kate standing at her elbow to turn the page.

Gabriel's eyes, irritated by the floor, which glittered with beeswax under the heavy chandelier, wandered to the wall above the piano. A picture of the balcony scene in *Romeo and Juliet* hung there and beside it was a picture of the two murdered princes in the Tower which Aunt Julia had worked in red, blue and brown wools when she was a girl. Probably in the school they had gone to as girls that kind of work had been taught for one year. His mother had worked for him as a birthday present a waistcoat of purple tabinet, with little foxes' heads upon it, lined with brown satin and having round mulberry buttons. It was strange that his mother had had no musical talent though Aunt Kate used to call her the brains carrier of the Morkan family. Both she and Julia had always seemed a little proud of their serious and matronly sister. Her photograph stood before the pierglass. She held an open book on her knees and was pointing out something in it to Constantine who, dressed in a man-o'-war suit, lay at her feet. It was she who had chosen the name of her sons for she was very sensible of the dignity of family life. Thanks to her, Constantine was now senior curate in Balbrigan and, thanks to her, Gabriel himself had taken his degree in the Royal University. A shadow passed over his face as he remembered her sullen opposition to his marriage. Some slighting phrases she had used still rankled in his memory; once she had spoken of Gretta as being country cute and that was not true of Gretta at all. It was Gretta who had nursed her during all her last long illness in their house at Monkstown.

He knew that Mary Jane must be near the end of her piece for she was playing again the opening melody with runs of scales after every bar and while he waited for the end the resentment died down in his heart. The piece ended with a trill of octaves in the treble and a final deep octave in the bass. Great applause greeted Mary Jane as, blushing and rolling up her music nervously, she escaped from the room. The most vigorous clapping came from the four young men in the doorway who had gone away to the refreshment-room at the beginning of the piece but had come back when the piano had stopped.

Lancers were arranged. Gabriel found himself partnered with Miss Ivors. She was a frank-mannered talkative young lady, with a freckled face and prominent brown eyes. She did not wear a low-cut bodice and the large brooch which was fixed in the front of her collar bore on it an Irish device and motto.

When they had taken their places she said abruptly:

"I have a crow to pluck with you."

"With me?" said Gabriel.

She nodded her head gravely.

"What is it?" asked Gabriel, smiling at her solemn manner.

"Who is G. C.?" answered Miss Ivors, turning her eyes upon him.

Gabriel coloured and was about to knit his brows, as if he did not understand, when she said bluntly:

"O, innocent Amy! I have found out that you write for *The Daily Express*. Now, aren't you ashamed of yourself?"

"Why should I be ashamed of myself?" asked Gabriel, blinking his eyes and trying to smile.

"Well, I'm ashamed of you," said Miss Ivors frankly. "To say you'd write for a paper like that. I didn't think you were a West Briton."

A look of perplexity appeared on Gabriel's face. It was true that he wrote a literary column every Wednesday in *The Daily Express*, for which he was paid fifteen shillings. But that did not make him a West Briton surely. The books he received for review were almost more welcome than the paltry cheque. He loved to feel the covers and turn over the pages of newly printed books. Nearly every day when his teaching in the college was ended he used to wander down the quays to the second-hand booksellers, to Hickey's on Bachelor's Walk, to Webb's or Massey's on Aston's Quay, or to O'Clohissey's in the by-street. He did not know how to meet her charge. He wanted to say that literature was above politics. But they were friends of many years' standing and their careers had been parallel, first at the University and then as teachers: he could not risk a grandiose phrase with her. He continued blinking his eyes and trying to smile and murmured lamely that he saw nothing political in writing reviews of books.

When their turn to cross had come he was still perplexed and inattentive. Miss Ivors promptly took his hand in a warm grasp and said in a soft friendly tone:

"Of course, I was only joking. Come, we cross now."

When they were together again she spoke of the University question and Gabriel felt more at ease. A friend of hers had shown her his review of Browning's poems. That was how she had found out the secret: but she liked the review immensely. Then she said suddenly:

"O, Mr Conroy, will you come for an excursion to the Aran Isles this summer? We're going to stay there a whole month. It will be splendid out in the Atlantic. You ought to come. Mr Clancy is coming, and Mr Kilkelly and Kathleen Kearney. It would be splendid for Gretta too if she'd come. She's from Connacht, isn't she?"

"Her people are," said Gabriel shortly.

"But you will come, won't you?" said Miss Ivors, laying her warm hand eagerly on his arm.

"The fact is," said Gabriel, "I have just arranged to go——"

"Go where?" asked Miss Ivors.

"Well, you know, every year I go for a cycling tour with some fellows and so——"

"But where?" asked Miss Ivors.

"Well, we usually go to France or Belgium or perhaps Germany," said Gabriel awkwardly.

"And why do you go to France and Belgium," said Miss Ivors, "instead of visiting your own land?"

"Well," said Gabriel, "it's partly to keep in touch with the languages and partly for a change."

"And haven't you your own language to keep in touch

with—Irish?" asked Miss Ivors.

"Well," said Gabriel, "if it comes to that, you know, Irish is not my language."

Their neighbours had turned to listen to the cross-examination. Gabriel glanced right and left nervously and tried to keep his good humour under the ordeal which was making a blush invade his forehead.

"And haven't you your own land to visit," continued Miss Ivors, "that you know nothing of, your own people, and your own country?"

"O, to tell you the truth," retorted Gabriel suddenly, "I'm sick of my own country, sick of it!"

"Why?" asked Miss Ivors.

Gabriel did not answer for his retort had heated him.

"Why?" repeated Miss Ivors.

They had to go visiting together and, as he had not answered her, Miss Ivors said warmly:

"Of course, you've no answer."

Gabriel tried to cover his agitation by taking part in the dance with great energy. He avoided her eyes for he had seen a sour expression on her face. But when they met in the long chain he was surprised to feel his hand firmly pressed. She looked at him from under her brows for a moment quizzically until he smiled. Then, just as the chain was about to start again, she stood on tiptoe and whispered into his ear:

"West Briton!"

When the lancers were over Gabriel went away to a remote corner of the room where Freddy Malins' mother was sitting. She was a stout feeble old woman with white hair. Her voice had a catch in it like her son's and she stuttered slightly. She had been told that Freddy had come and that he was nearly all right. Gabriel asked her whether she had had a good crossing. She lived with her married daughter in Glasgow and came to Dublin on a visit once a year. She answered placidly that she had had a beautiful crossing and that the captain had been most attentive to her. She spoke also of the beautiful house her daughter kept in Glasgow, and of all the friends they had there. While her tongue rambled on Gabriel tried to banish from his mind all memory of the unpleasant incident with Miss Ivors. Of course the girl, or woman, or whatever she was, was an enthusiast but there was a time for all things. Perhaps he ought not to have answered her like that. But she had no right to call him a West Briton before people, even in joke. She had tried to make him ridiculous before people, heckling him and staring at him with her rabbit's eyes.

He saw his wife making her way towards him through the waltzing couples. When she reached him she said into his ear:

"Gabriel, Aunt Kate wants to know won't you carve the goose as usual. Miss Daly will carve the ham and I'll do the pudding."

"All right," said Gabriel.

"She's sending in the younger ones first as soon as this waltz is over so that we'll have the table to ourselves."

"Were you dancing?" asked Gabriel.

"Of course I was. Didn't you see me? What row had you with Molly Ivors?"

"No words. Why? Did she say so?"

"Something like that. I'm trying to get that Mr D'Arcy to sing. He's full of conceit, I think."

"There was no row," said Gabriel moodily, "only she wanted me to go for a trip to the west of Ireland and I said I wouldn't."

His wife clasped her hands excitedly and gave a little

jump.

"O, do go, Gabriel," she cried. "I'd love to see Galway again."

"You can go if you like," said Gabriel coldly.

She looked at him for a moment, then turned to Mrs Malins and said:

"There's a nice husband for you, Mrs Malins."

While she was threading her way back across the room Mrs Malins, without adverting to the interruption, went on to tell Gabriel what beautiful places there were in Scotland and beautiful scenery. Her son-in-law brought them every year to the lakes and they used to go fishing. Her son-in-law was a splendid fisher. One day he caught a beautiful big fish and the man in the hotel cooked it for their dinner.

Gabriel hardly heard what she said. Now that supper was coming near he began to think again about his speech and about the quotation. When he saw Freddy Malins coming across the room to visit his mother Gabriel left the chair free for him and retired into the embrasure of the window. The room had already cleared and from the back room came the clatter of plates and knives. Those who still remained in the drawing-room seemed tired of dancing and were conversing quietly in little groups. Gabriel's warm trembling fingers tapped the cold pane of the window. How cool it must be outside! How pleasant it would be to walk out alone, first along by the river and then through the park! The snow would be lying on the branches of the trees and forming a bright cap on the top of the Wellington Monument. How much more pleasant it would be there than at the supper-table!

He ran over the headings of his speech: Irish hospitality, sad memories, the Three Graces, Paris, the quotation from Browning. He repeated to himself a phrase he had written in his review: *One feels that one is listening to a thought-tormented music.* Miss Ivors had praised the review. Was she sincere? Had she really any life of her own behind all her propagandism? There had never been any ill-feeling between them until that night. It unnerved him to think that she would be at the supper-table, looking up at him while he spoke with her critical quizzing eyes. Perhaps she would not be sorry to see him fail in his speech. An idea came into his mind and gave him courage. He would say, alluding to Aunt Kate and Aunt Julia: *Ladies and Gentlemen, the generation which is now on the wane among us may have had its faults but for my part I think it had certain qualities of hospitality, of humour, of humanity, which the new and very serious and hypereducated generation that is growing up around us seems to me to lack.* Very good: that was one for Miss Ivors. What did he care that his aunts were only two ignorant old women?

A murmur in the room attracted his attention. Mr Browne was advancing from the door, gallantly escorting Aunt Julia, who leaned upon his arm, smiling and hanging her head. An irregular musketry of applause escorted her also as far as the piano and then, as Mary Jane seated herself on the stool, and Aunt Julia, no longer smiling, half turned so as to pitch her voice fairly into the room, gradually ceased. Gabriel recognised the prelude. It was that of an old song of Aunt Julia's—*Arrayed for the Bridal.* Her voice, strong and clear in tone, attacked with great spirit the runs which embellish the air and though she sang very rapidly she did not miss even the smallest of the grace notes. To follow the voice, without looking at the singer's face, was to feel and share the excitement of swift and secure flight. Gabriel applauded loudly with all the others at the close of the song and loud applause was borne in from the invisible supper-table. It sounded so genuine that a little colour struggled into Aunt Julia's face as she bent to replace in the music-stand the old leather-bound songbook that had her initials on the cover. Freddy Malins, who had listened with his head perched sideways to hear her better, was still applauding when everyone else had ceased and talking animatedly to his mother, who nodded her head gravely and slowly in acquiescence. At last, when he could clap no more, he stood up suddenly and hurried across the room to Aunt Julia whose hand he seized and held in both his hands, shaking it when words failed him or the catch in his voice proved too much for him.

"I was just telling my mother," he said, "I never heard you sing so well, never. No, I never heard your voice so good as it is tonight. Now! Would you believe that now? That's the truth. Upon my word and honour that's the truth. I never heard your voice sound so fresh and so ... so clear and fresh, never."

Aunt Julia smiled broadly and murmured something about compliments as she released her hand from his grasp. Mr Browne extended his open hand towards her and said to those who were near him in the manner of a showman introducing a prodigy to an audience:

"Miss Julia Morkan, my latest discovery!"

He was laughing very heartily at this himself when Freddy Malins turned to him and said:

"Well, Browne, if you're serious you might make a worse discovery. All I can say is I never heard her sing half so well as long as I am coming here. And that's the honest truth."

"Neither did I," said Mr Browne. "I think her voice has greatly improved."

Aunt Julia shrugged her shoulders and said with meek pride:

"Thirty years ago I hadn't a bad voice as voices go."

"I often told Julia," said Aunt Kate emphatically, "that

she was simply thrown away in that choir. But she never would be said by me."

She turned as if to appeal to the good sense of the others against a refractory child while Aunt Julia gazed in front of her, a vague smile of reminiscence playing on her face.

"No," continued Aunt Kate, "she wouldn't be said or led by anyone, slaving there in that choir night and day, night and day. Six o'clock on Christmas morning! And all for what?"

"Well, isn't it for the honour of God, Aunt Kate?" asked Mary Jane, twisting round on the piano-stool and smiling.

Aunt Kate turned fiercely on her niece and said:

"I know all about the honour of God, Mary Jane, but I think it's not at all honourable for the pope to turn out the women out of the choirs that have slaved there all their lives and put little whipper-snappers of boys over their heads. I suppose it is for the good of the Church if the pope does it. But it's not just, Mary Jane, and it's not right."

She had worked herself into a passion and would have continued in defence of her sister, for it was a sore subject with her but Mary Jane, seeing that all the dancers had come back, intervened pacifically:

"Now, Aunt Kate, you're giving scandal to Mr Browne who is of the other persuasion."

Aunt Kate turned to Mr Browne, who was grinning at this allusion to his religion, and said hastily:

"O, I don't question the pope's being right. I'm only a stupid old woman and I wouldn't presume to do such a thing. But there's such a thing as common everyday politeness and gratitude. And if I were in Julia's place I'd tell that Father Healey straight up to his face...."

"And besides, Aunt Kate," said Mary Jane, "we really

are all hungry and when we are hungry we are all very quarrelsome."

"And when we are thirsty we are also quarrelsome," added Mr Browne.

"So that we had better go to supper," said Mary Jane, "and finish the discussion afterwards."

On the landing outside the drawing-room Gabriel found his wife and Mary Jane trying to persuade Miss Ivors to stay for supper. But Miss Ivors, who had put on her hat and was buttoning her cloak, would not stay. She did not feel in the least hungry and she had already overstayed her time.

"But only for ten minutes, Molly," said Mrs Conroy. "That won't delay you."

"To take a pick itself," said Mary Jane, "after all your dancing."

"I really couldn't," said Miss Ivors.

"I am afraid you didn't enjoy yourself at all," said Mary Jane hopelessly.

"Ever so much, I assure you," said Miss Ivors, "but you really must let me run off now."

"But how can you get home?" asked Mrs Conroy.

"O, it's only two steps up the quay."

Gabriel hesitated a moment and said:

"If you will allow me, Miss Ivors, I'll see you home if you are really obliged to go."

But Miss Ivors broke away from them.

"I won't hear of it," she cried. "For goodness' sake go in to your suppers and don't mind me. I'm quite well able to take care of myself."

"Well, you're the comical girl, Molly," said Mrs Conroy frankly.

"*Beannacht libh*," cried Miss Ivors, with a laugh, as she ran down the staircase.

Mary Jane gazed after her, a moody puzzled expression on her face, while Mrs Conroy leaned over the banisters to listen for the hall-door. Gabriel asked himself was he the cause of her abrupt departure. But she did not seem to be in ill humour: she had gone away laughing. He stared blankly down the staircase.

At the moment Aunt Kate came toddling out of the supper-room, almost wringing her hands in despair.

"Where is Gabriel?" she cried. "Where on earth is Gabriel? There's everyone waiting in there, stage to let, and nobody to carve the goose!"

"Here I am, Aunt Kate!" cried Gabriel, with sudden animation, "ready to carve a flock of geese, if necessary."

A fat brown goose lay at one end of the table and at the other end, on a bed of creased paper strewn with sprigs of parsley, lay a great ham, stripped of its outer skin and peppered over with crust crumbs, a neat paper frill round its shin and beside this was a round of spiced beef. Between these rival ends ran parallel lines of side-dishes: two little minsters of jelly, red and yellow; a shallow dish full of blocks of blancmange and red jam, a large green leaf-shaped dish with a stalk-shaped handle, on which lay bunches of purple raisins and peeled almonds, a companion dish on which lay a solid rectangle of Smyrna figs, a dish of custard topped with grated nutmeg, a small bowl full of chocolates and sweets wrapped in gold and silver papers and a glass vase in which stood some tall celery stalks. In the centre of the table there stood, as sentries to a fruit-stand which upheld a pyramid of oranges and American apples, two squat old-fashioned decanters of cut glass, one containing port and the other dark sherry. On the closed square piano a pudding in a huge yellow dish lay in waiting and behind it were three squads of bottles of stout and ale and minerals drawn up according to the colours of their uniforms, the first two black, with brown and red labels, the third and smallest squad white, with transverse green sashes.

Gabriel took his seat boldly at the head of the table and, having looked to the edge of the carver, plunged his fork firmly into the goose. He felt quite at ease now for he was an expert carver and liked nothing better than to find himself at the head of a well-laden table.

"Miss Furlong, what shall I send you?" he asked. "A wing or a slice of the breast?"

"Just a small slice of the breast."

"Miss Higgins, what for you?"

"O, anything at all, Mr Conroy."

While Gabriel and Miss Daly exchanged plates of goose and plates of ham and spiced beef Lily went from guest to guest with a dish of hot floury potatoes wrapped in a white napkin. This was Mary Jane's idea and she had also suggested apple sauce for the goose but Aunt Kate had said that plain roast goose without any apple sauce had always been good enough for her and she hoped she might never eat worse. Mary Jane waited on her pupils and saw that they got the best slices and Aunt Kate and Aunt Julia opened and carried across from the piano bottles of stout and ale for the gentlemen and bottles of minerals for the ladies. There was a great deal of confusion and laughter and noise, the noise of orders and counter-orders, of knives and forks, of corks and glass-stoppers. Gabriel began to carve second helpings as soon as he had finished the first round without serving himself. Everyone protested loudly so that he compromised by taking a long draught of stout for he had found the carving hot work. Mary Jane settled down quietly to her supper but Aunt Kate and Aunt Julia were still toddling round the table, walking on each other's heels, getting in each other's way and giving each other unheeded orders. Mr Browne begged of them to sit down and eat their suppers and so did Gabriel but they said they were time enough so that, at last, Freddy Malins stood up and, capturing Aunt Kate, plumped her down on her chair amid general laughter.

When everyone had been well served Gabriel said, smiling:

"Now, if anyone wants a little more of what vulgar people call stuffing let him or her speak."

A chorus of voices invited him to begin his own supper and Lily came forward with three potatoes which she had reserved for him.

"Very well," said Gabriel amiably, as he took another preparatory draught, "kindly forget my existence, ladies and gentlemen, for a few minutes."

He set to his supper and took no part in the conversation with which the table covered Lily's removal of the plates. The subject of talk was the opera company which was then at the Theatre Royal. Mr Bartell D'Arcy, the tenor, a dark-complexioned young man with a smart moustache, praised very highly the leading contralto of the company but Miss Furlong thought she had a rather vulgar style of production. Freddy Malins said there was a negro chieftain singing in the second part of the Gaiety pantomime who had one of the finest tenor voices he had ever heard.

"Have you heard him?" he asked Mr Bartell D'Arcy across the table.

"No," answered Mr Bartell D'Arcy carelessly.

"Because," Freddy Malins explained, "now I'd be curious to hear your opinion of him. I think he has a grand voice."

"It takes Teddy to find out the really good things,"

said Mr Browne familiarly to the table.

"And why couldn't he have a voice too?" asked Freddy Malins sharply. "Is it because he's only a black?"

Nobody answered this question and Mary Jane led the table back to the legitimate opera. One of her pupils had given her a pass for *Mignon*. Of course it was very fine, she said, but it made her think of poor Georgina Burns. Mr Browne could go back farther still, to the old Italian companies that used to come to Dublin—Tietjens, Ilma de Murzka, Campanini, the great Trebelli, Giuglini, Ravelli, Aramburo. Those were the days, he said, when there was something like singing to be heard in Dublin. He told too of how the top gallery of the old Royal used to be packed night after night, of how one night an Italian tenor had sung five encores to *Let me like a Soldier fall*, introducing a high C every time, and of how the gallery boys would sometimes in their enthusiasm unyoke the horses from the carriage of some great *prima donna* and pull her themselves through the streets to her hotel. Why did they never play the grand old operas now, he asked, *Dinorah, Lucrezia Borgia*? Because they could not get the voices to sing them: that was why.

"Oh, well," said Mr Bartell D'Arcy, "I presume there are as good singers today as there were then."

"Where are they?" asked Mr Browne defiantly.

"In London, Paris, Milan," said Mr Bartell D'Arcy warmly. "I suppose Caruso, for example, is quite as good, if not better than any of the men you have mentioned."

"Maybe so," said Mr Browne. "But I may tell you I doubt it strongly."

"O, I'd give anything to hear Caruso sing," said Mary Jane.

"For me," said Aunt Kate, who had been picking a bone, "there was only one tenor. To please me, I mean. But I suppose none of you ever heard of him."

"Who was he, Miss Morkan?" asked Mr Bartell D'Arcy politely.

"His name," said Aunt Kate, "was Parkinson. I heard him when he was in his prime and I think he had then the purest tenor voice that was ever put into a man's throat."

"Strange," said Mr Bartell D'Arcy. "I never even heard of him."

"Yes, yes, Miss Morkan is right," said Mr Browne. "I remember hearing of old Parkinson but he's too far back for me."

"A beautiful pure sweet mellow English tenor," said Aunt Kate with enthusiasm.

Gabriel having finished, the huge pudding was transferred to the table. The clatter of forks and spoons began again. Gabriel's wife served out spoonfuls of the pudding and passed the plates down the table. Midway down they were held up by Mary Jane, who replenished them with raspberry or orange jelly or with blancmange and jam. The pudding was of Aunt Julia's making and she received praises for it from all quarters. She herself said that it was not quite brown enough.

"Well, I hope, Miss Morkan," said Mr Browne, "that I'm brown enough for you because, you know, I'm all brown."

All the gentlemen, except Gabriel, ate some of the pudding out of compliment to Aunt Julia. As Gabriel never ate sweets the celery had been left for him. Freddy Malins also took a stalk of celery and ate it with his pudding. He had been told that celery was a capital thing for the blood and he was just then under doctor's care. Mrs Malins, who had been silent all through the supper, said that her son was going down to Mount Melleray in a week or so. The table then spoke of Mount Melleray, how bracing the air was down there, how hospitable the monks were and how they never asked for a penny-piece from their guests.

"And do you mean to say," asked Mr Browne incredulously, "that a chap can go down there and put up there as if it were a hotel and live on the fat of the land and then come away without paying anything?"

"O, most people give some donation to the monastery when they leave," said Mary Jane.

"I wish we had an institution like that in our Church," said Mr Browne candidly.

He was astonished to hear that the monks never spoke, got up at two in the morning and slept in their coffins. He asked what they did it for.

"That's the rule of the order," said Aunt Kate firmly.

"Yes, but why?" asked Mr Browne.

Aunt Kate repeated that it was the rule, that was all. Mr Browne still seemed not to understand. Freddy Malins explained to him, as best he could, that the monks were trying to make up for the sins committed by all the sinners in the outside world. The explanation was not very clear for Mr Browne grinned and said:

"I like that idea very much but wouldn't a comfortable spring bed do them as well as a coffin?"

"The coffin," said Mary Jane, "is to remind them of their last end."

As the subject had grown lugubrious it was buried in a silence of the table during which Mrs Malins could be heard saying to her neighbour in an indistinct undertone:

"They are very good men, the monks, very pious men."

The raisins and almonds and figs and apples and oranges and chocolates and sweets were now passed about the table and Aunt Julia invited all the guests to have either port or sherry. At first Mr Bartell D'Arcy refused to take either but one of his neighbours nudged him and whispered something to him upon which he allowed his glass to be filled. Gradually as the last glasses were being filled the conversation ceased. A pause followed, broken only by the noise of the wine and by unsettlings of chairs. The Misses Morkan, all three, looked down at the tablecloth. Someone coughed once or twice and then a few gentlemen patted the table gently as a signal for silence. The silence came and Gabriel pushed back his chair and stood up.

The patting at once grew louder in encouragement and then ceased altogether. Gabriel leaned his ten trembling fingers on the tablecloth and smiled nervously at the company. Meeting a row of upturned faces he raised his eyes to the chandelier. The piano was playing a waltz tune and he could hear the skirts sweeping against the drawing-room door. People, perhaps, were standing in the snow on the quay outside, gazing up at the lighted windows and listening to the waltz music. The air was pure there. In the distance lay the park where the trees were weighted with snow. The Wellington Monument wore a gleaming cap of snow that flashed westward over the white field of Fifteen Acres.

He began:

"Ladies and Gentlemen,

"It has fallen to my lot this evening, as in years past, to perform a very pleasing task but a task for which I am afraid my poor powers as a speaker are all too inadequate."

"No, no!" said Mr Browne.

"But, however that may be, I can only ask you tonight to take the will for the deed and to lend me your attention for a few moments while I endeavour to express to you in words what my feelings are on this occasion.

"Ladies and Gentlemen, it is not the first time that we have gathered together under this hospitable roof, around this hospitable board. It is not the first time that we have been the recipients—or perhaps, I had better say, the victims—of the hospitality of certain good ladies."

He made a circle in the air with his arm and paused. Everyone laughed or smiled at Aunt Kate and Aunt Julia and Mary Jane who all turned crimson with pleasure. Gabriel went on more boldly:

"I feel more strongly with every recurring year that our country has no tradition which does it so much honour and which it should guard so jealously as that of its hospitality. It is a tradition that is unique as far as my experience goes (and I have visited not a few places abroad) among the modern nations. Some would say, perhaps, that with us it is rather a failing than anything to be boasted of. But granted even that, it is, to my mind, a princely failing, and one that I trust will long be cultivated among us. Of one thing, at least, I am sure. As long as this one roof shelters the good ladies aforesaid—and I wish from my heart it may do so for many and many a long year to come—the tradition of genuine warm-hearted courteous Irish hospitality, which our forefathers have handed down to us and which we in turn must hand down to our descendants, is still alive among us."

A hearty murmur of assent ran round the table. It shot through Gabriel's mind that Miss Ivors was not there and that she had gone away discourteously: and he said with confidence in himself:

"Ladies and Gentlemen,

"A new generation is growing up in our midst, a generation actuated by new ideas and new principles. It is serious and enthusiastic for these new ideas and its enthusiasm, even when it is misdirected, is, I believe, in the main sincere. But we are living in a sceptical and, if I may use the phrase, a thought-tormented age: and sometimes I fear that this new generation, educated or hypereducated as it is, will lack those qualities of humanity, of hospitality, of kindly humour which belonged to an older day. Listening tonight to the names of all those great singers of the past it seemed to me, I must confess, that we were living in a less spacious age. Those days might, without exaggeration, be called spacious days: and if they are gone beyond recall let us hope, at least, that in gatherings such as this we shall still speak of them with pride and affection, still cherish in our hearts the memory of those dead and gone great ones whose fame the world will not willingly let die."

"Hear, hear!" said Mr Browne loudly.

"But yet," continued Gabriel, his voice falling into a softer inflection, "there are always in gatherings such as this sadder thoughts that will recur to our minds: thoughts of the past, of youth, of changes, of absent faces that we miss here tonight. Our path through life is strewn with many such sad memories: and were we to brood upon them always we could not find the heart to go on bravely with our work among the living. We have all of us living duties and living affections which claim, and rightly claim, our strenuous endeavours.

"Therefore, I will not linger on the past. I will not let any gloomy moralising intrude upon us here tonight. Here we are gathered together for a brief moment from the bustle and rush of our everyday routine. We are met here as friends, in the spirit of good-fellowship, as colleagues, also to a certain extent, in the true spirit of camaraderie, and as the guests of—what shall I call them?—the Three Graces of the Dublin musical world."

The table burst into applause and laughter at this allusion. Aunt Julia vainly asked each of her neighbours in turn to tell her what Gabriel had said.

"He says we are the Three Graces, Aunt Julia," said Mary Jane.

Aunt Julia did not understand but she looked up,

smiling, at Gabriel, who continued in the same vein:

"Ladies and Gentlemen,

"I will not attempt to play tonight the part that Paris played on another occasion. I will not attempt to choose between them. The task would be an invidious one and one beyond my poor powers. For when I view them in turn, whether it be our chief hostess herself, whose good heart, whose too good heart, has become a byword with all who know her; or her sister, who seems to be gifted with perennial youth and whose singing must have been a surprise and a revelation to us all tonight, or, last but not least, when I consider our youngest hostess, talented, cheerful, hard-working and the best of nieces, I confess, Ladies and Gentlemen, that I do not know to which of them I should award the prize."

Gabriel glanced down at his aunts and, seeing the large smile on Aunt Julia's face and the tears which had risen to Aunt Kate's eyes, hastened to his close. He raised his glass of port gallantly, while every member of the company fingered a glass expectantly, and said loudly:

"Let us toast them all three together. Let us drink to their health, wealth, long life, happiness and prosperity and may they long continue to hold the proud and self-won position which they hold in their profession and the position of honour and affection which they hold in our hearts."

All the guests stood up, glass in hand, and turning towards the three seated ladies, sang in unison, with Mr Browne as leader:

For they are jolly gay fellows,
For they are jolly gay fellows,
For they are jolly gay fellows,
Which nobody can deny.

Aunt Kate was making frank use of her handkerchief

and even Aunt Julia seemed moved. Freddy Malins beat time with his pudding-fork and the singers turned towards one another, as if in melodious conference, while they sang with emphasis:

> *Unless he tells a lie,*
> *Unless he tells a lie.*

Then, turning once more towards their hostesses, they sang:

> *For they are jolly gay fellows,*
> *For they are jolly gay fellows,*
> *For they are jolly gay fellows,*
> *Which nobody can deny.*

The acclamation which followed was taken up beyond the door of the supper-room by many of the other guests and renewed time after time, Freddy Malins acting as officer with his fork on high.

The piercing morning air came into the hall where they were standing so that Aunt Kate said:

"Close the door, somebody. Mrs Malins will get her death of cold."

"Browne is out there, Aunt Kate," said Mary Jane.

"Browne is everywhere," said Aunt Kate, lowering her voice.

Mary Jane laughed at her tone.

"Really," she said archly, "he is very attentive."

"He has been laid on here like the gas," said Aunt Kate in the same tone, "all during the Christmas."

She laughed herself this time good-humouredly and then added quickly:

"But tell him to come in, Mary Jane, and close the door. I hope to goodness he didn't hear me."

At that moment the hall-door was opened and Mr

Browne came in from the doorstep, laughing as if his heart would break. He was dressed in a long green overcoat with mock astrakhan cuffs and collar and wore on his head an oval fur cap. He pointed down the snow-covered quay from where the sound of shrill prolonged whistling was borne in.

"Teddy will have all the cabs in Dublin out," he said.

Gabriel advanced from the little pantry behind the office, struggling into his overcoat and, looking round the hall, said:

"Gretta not down yet?"

"She's getting on her things, Gabriel," said Aunt Kate.

"Who's playing up there?" asked Gabriel.

"Nobody. They're all gone."

"O no, Aunt Kate," said Mary Jane. "Bartell D'Arcy and Miss O'Callaghan aren't gone yet."

"Someone is fooling at the piano anyhow," said Gabriel.

Mary Jane glanced at Gabriel and Mr Browne and said with a shiver:

"It makes me feel cold to look at you two gentlemen muffled up like that. I wouldn't like to face your journey home at this hour."

"I'd like nothing better this minute," said Mr Browne stoutly, "than a rattling fine walk in the country or a fast drive with a good spanking goer between the shafts."

"We used to have a very good horse and trap at home," said Aunt Julia sadly.

"The never-to-be-forgotten Johnny," said Mary Jane, laughing.

Aunt Kate and Gabriel laughed too.

"Why, what was wonderful about Johnny?" asked Mr Browne.

"The late lamented Patrick Morkan, our grandfather, that is," explained Gabriel, "commonly known in his later years as the old gentleman, was a glue-boiler."

"O now, Gabriel," said Aunt Kate, laughing, "he had a starch mill."

"Well, glue or starch," said Gabriel, "the old gentleman had a horse by the name of Johnny. And Johnny used to work in the old gentleman's mill, walking round and round in order to drive the mill. That was all very well; but now comes the tragic part about Johnny. One fine day the old gentleman thought he'd like to drive out with the quality to a military review in the park."

"The Lord have mercy on his soul," said Aunt Kate compassionately.

"Amen," said Gabriel. "So the old gentleman, as I said, harnessed Johnny and put on his very best tall hat and his very best stock collar and drove out in grand style from his ancestral mansion somewhere near Back Lane, I think."

Everyone laughed, even Mrs Malins, at Gabriel's manner and Aunt Kate said:

"O now, Gabriel, he didn't live in Back Lane, really. Only the mill was there."

"Out from the mansion of his forefathers," continued Gabriel, "he drove with Johnny. And everything went on beautifully until Johnny came in sight of King Billy's statue: and whether he fell in love with the horse King Billy sits on or whether he thought he was back again in the mill, anyhow he began to walk round the statue."

Gabriel paced in a circle round the hall in his goloshes amid the laughter of the others.

"Round and round he went," said Gabriel, "and the old gentleman, who was a very pompous old gentleman, was highly indignant. *Go on, sir! What do you mean, sir? Johnny! Johnny! Most extraordinary conduct! Can't understand the horse!*"

The peal of laughter which followed Gabriel's

imitation of the incident was interrupted by a resounding knock at the hall door. Mary Jane ran to open it and let in Freddy Malins. Freddy Malins, with his hat well back on his head and his shoulders humped with cold, was puffing and steaming after his exertions.

"I could only get one cab," he said.

"O, we'll find another along the quay," said Gabriel.

"Yes," said Aunt Kate. "Better not keep Mrs Malins standing in the draught."

Mrs Malins was helped down the front steps by her son and Mr Browne and, after many manœuvres, hoisted into the cab. Freddy Malins clambered in after her and spent a long time settling her on the seat, Mr Browne helping him with advice. At last she was settled comfortably and Freddy Malins invited Mr Browne into the cab. There was a good deal of confused talk, and then Mr Browne got into the cab. The cabman settled his rug over his knees, and bent down for the address. The confusion grew greater and the cabman was directed differently by Freddy Malins and Mr Browne, each of whom had his head out through a window of the cab. The difficulty was to know where to drop Mr Browne along the route, and Aunt Kate, Aunt Julia and Mary Jane helped the discussion from the doorstep with cross-directions and contradictions and abundance of laughter. As for Freddy Malins he was speechless with laughter. He popped his head in and out of the window every moment to the great danger of his hat, and told his mother how the discussion was progressing, till at last Mr Browne shouted to the bewildered cabman above the din of everybody's laughter:

"Do you know Trinity College?"

"Yes, sir," said the cabman.

"Well, drive bang up against Trinity College gates," said Mr Browne, "and then we'll tell you where to go. You understand now?"

"Yes, sir," said the cabman.

"Make like a bird for Trinity College."

"Right, sir," said the cabman.

The horse was whipped up and the cab rattled off along the quay amid a chorus of laughter and adieus.

Gabriel had not gone to the door with the others. He was in a dark part of the hall gazing up the staircase. A woman was standing near the top of the first flight, in the shadow also. He could not see her face but he could see the terracotta and salmon-pink panels of her skirt which the shadow made appear black and white. It was his wife. She was leaning on the banisters, listening to something. Gabriel was surprised at her stillness and strained his ear to listen also. But he could hear little save the noise of laughter and dispute on the front steps, a few chords struck on the piano and a few notes of a man's voice singing.

He stood still in the gloom of the hall, trying to catch the air that the voice was singing and gazing up at his wife. There was grace and mystery in her attitude as if she were a symbol of something. He asked himself what is a woman standing on the stairs in the shadow, listening to distant music, a symbol of. If he were a painter he would paint her in that attitude. Her blue felt hat would show off the bronze of her hair against the darkness and the dark panels of her skirt would show off the light ones. Distant Music he would call the picture if he were a painter.

The hall-door was closed; and Aunt Kate, Aunt Julia and Mary Jane came down the hall, still laughing.

"Well, isn't Freddy terrible?" said Mary Jane. "He's really terrible."

Gabriel said nothing but pointed up the stairs towards where his wife was standing. Now that the hall-door was closed the voice and the piano could be heard more clearly.

Gabriel held up his hand for them to be silent. The song seemed to be in the old Irish tonality and the singer seemed uncertain both of his words and of his voice. The voice, made plaintive by distance and by the singer's hoarseness, faintly illuminated the cadence of the air with words expressing grief:

O, the rain falls on my heavy locks
And the dew wets my skin,
My babe lies cold....

"O," exclaimed Mary Jane. "It's Bartell D'Arcy singing and he wouldn't sing all the night. O, I'll get him to sing a song before he goes."

"O do, Mary Jane," said Aunt Kate.

Mary Jane brushed past the others and ran to the staircase, but before she reached it the singing stopped and the piano was closed abruptly.

"O, what a pity!" she cried. "Is he coming down, Gretta?"

Gabriel heard his wife answer yes and saw her come down towards them. A few steps behind her were Mr Bartell D'Arcy and Miss O'Callaghan.

"O, Mr D'Arcy," cried Mary Jane, "it's downright mean of you to break off like that when we were all in raptures listening to you."

"I have been at him all the evening," said Miss O'Callaghan, "and Mrs Conroy too and he told us he had a dreadful cold and couldn't sing."

"O, Mr D'Arcy," said Aunt Kate, "now that was a great fib to tell."

"Can't you see that I'm as hoarse as a crow?" said Mr D'Arcy roughly.

He went into the pantry hastily and put on his overcoat. The others, taken aback by his rude speech, could find nothing to say. Aunt Kate wrinkled her brows and made signs to the others to drop the subject. Mr D'Arcy stood swathing his neck carefully and frowning.

"It's the weather," said Aunt Julia, after a pause.

"Yes, everybody has colds," said Aunt Kate readily, "everybody."

"They say," said Mary Jane, "we haven't had snow like it for thirty years; and I read this morning in the newspapers that the snow is general all over Ireland."

"I love the look of snow," said Aunt Julia sadly.

"So do I," said Miss O'Callaghan. "I think Christmas is never really Christmas unless we have the snow on the ground."

"But poor Mr D'Arcy doesn't like the snow," said Aunt Kate, smiling.

Mr D'Arcy came from the pantry, fully swathed and buttoned, and in a repentant tone told them the history of his cold. Everyone gave him advice and said it was a great pity and urged him to be very careful of his throat in the night air. Gabriel watched his wife, who did not join in the conversation. She was standing right under the dusty fanlight and the flame of the gas lit up the rich bronze of her hair, which he had seen her drying at the fire a few days before. She was in the same attitude and seemed unaware of the talk about her. At last she turned towards them and Gabriel saw that there was colour on her cheeks and that her eyes were shining. A sudden tide of joy went leaping out of his heart.

"Mr D'Arcy," she said, "what is the name of that song you were singing?"

"It's called *The Lass of Aughrim*," said Mr D'Arcy, "but I couldn't remember it properly. Why? Do you know it?"

"*The Lass of Aughrim*," she repeated. "I couldn't think of the name."

"It's a very nice air," said Mary Jane. "I'm sorry you

were not in voice tonight."

"Now, Mary Jane," said Aunt Kate, "don't annoy Mr D'Arcy. I won't have him annoyed."

Seeing that all were ready to start she shepherded them to the door, where good-night was said:

"Well, good-night, Aunt Kate, and thanks for the pleasant evening."

"Good-night, Gabriel. Good-night, Gretta!"

"Good-night, Aunt Kate, and thanks ever so much. Good-night, Aunt Julia."

"O, good-night, Gretta, I didn't see you."

"Good-night, Mr D'Arcy. Good-night, Miss O'Callaghan."

"Good-night, Miss Morkan."

"Good-night, again."

"Good-night, all. Safe home."

"Good-night. Good-night."

The morning was still dark. A dull yellow light brooded over the houses and the river; and the sky seemed to be descending. It was slushy underfoot; and only streaks and patches of snow lay on the roofs, on the parapets of the quay and on the area railings. The lamps were still burning redly in the murky air and, across the river, the palace of the Four Courts stood out menacingly against the heavy sky.

She was walking on before him with Mr Bartell D'Arcy, her shoes in a brown parcel tucked under one arm and her hands holding her skirt up from the slush. She had no longer any grace of attitude but Gabriel's eyes were still bright with happiness. The blood went bounding along his veins; and the thoughts went rioting through his brain, proud, joyful, tender, valorous.

She was walking on before him so lightly and so erect

that he longed to run after her noiselessly, catch her by the shoulders and say something foolish and affectionate into her ear. She seemed to him so frail that he longed to defend her against something and then to be alone with her. Moments of their secret life together burst like stars upon his memory. A heliotrope envelope was lying beside his breakfast-cup and he was caressing it with his hand. Birds were twittering in the ivy and the sunny web of the curtain was shimmering along the floor: he could not eat for happiness. They were standing on the crowded platform and he was placing a ticket inside the warm palm of her glove. He was standing with her in the cold, looking in through a grated window at a man making bottles in a roaring furnace. It was very cold. Her face, fragrant in the cold air, was quite close to his; and suddenly he called out to the man at the furnace:

"Is the fire hot, sir?"

But the man could not hear with the noise of the furnace. It was just as well. He might have answered rudely.

A wave of yet more tender joy escaped from his heart and went coursing in warm flood along his arteries. Like the tender fire of stars moments of their life together, that no one knew of or would ever know of, broke upon and illumined his memory. He longed to recall to her those moments, to make her forget the years of their dull existence together and remember only their moments of ecstasy. For the years, he felt, had not quenched his soul or hers. Their children, his writing, her household cares had not quenched all their souls' tender fire. In one letter that he had written to her then he had said: *Why is it that words like these seem to me so dull and cold? Is it because there is no word tender enough to be your name?*

Like distant music these words that he had written years before were borne towards him from the past. He longed to be alone with her. When the others had gone away, when he and she were in their room in the hotel, then they would be alone together. He would call her softly:

"Gretta!"

Perhaps she would not hear at once: she would be undressing. Then something in his voice would strike her. She would turn and look at him....

At the corner of Winetavern Street they met a cab. He was glad of its rattling noise as it saved him from conversation. She was looking out of the window and seemed tired. The others spoke only a few words, pointing out some building or street. The horse galloped along wearily under the murky morning sky, dragging his old rattling box after his heels, and Gabriel was again in a cab with her, galloping to catch the boat, galloping to their honeymoon.

As the cab drove across O'Connell Bridge Miss O'Callaghan said:

"They say you never cross O'Connell Bridge without seeing a white horse."

"I see a white man this time," said Gabriel.

"Where?" asked Mr Bartell D'Arcy.

Gabriel pointed to the statue, on which lay patches of snow. Then he nodded familiarly to it and waved his hand.

"Good-night, Dan," he said gaily.

When the cab drew up before the hotel, Gabriel jumped out and, in spite of Mr Bartell D'Arcy's protest, paid the driver. He gave the man a shilling over his fare. The man saluted and said:

"A prosperous New Year to you, sir."

"The same to you," said Gabriel cordially.

She leaned for a moment on his arm in getting out of the cab and while standing at the kerbstone, bidding the others good-night. She leaned lightly on his arm, as lightly as when she had danced with him a few hours before. He had felt proud and happy then, happy that she was his, proud of her grace and wifely carriage. But now, after the kindling again of so many memories, the first touch of her body, musical and strange and perfumed, sent through him a keen pang of lust. Under cover of her silence he pressed her arm closely to his side; and, as they stood at the hotel door, he felt that they had escaped from their lives and duties, escaped from home and friends and run away together with wild and radiant hearts to a new adventure.

An old man was dozing in a great hooded chair in the hall. He lit a candle in the office and went before them to the stairs. They followed him in silence, their feet falling in soft thuds on the thickly carpeted stairs. She mounted the stairs behind the porter, her head bowed in the ascent, her frail shoulders curved as with a burden, her skirt girt tightly about her. He could have flung his arms about her hips and held her still, for his arms were trembling with desire to seize her and only the stress of his nails against the palms of his hands held the wild impulse of his body in check. The porter halted on the stairs to settle his guttering candle. They halted too on the steps below him. In the silence Gabriel could hear the falling of the molten wax into the tray and the thumping of his own heart against his ribs.

The porter led them along a corridor and opened a door. Then he set his unstable candle down on a toilet-table and asked at what hour they were to be called in the morning.

"Eight," said Gabriel.

The porter pointed to the tap of the electric-light and began a muttered apology but Gabriel cut him short.

"We don't want any light. We have light enough from the street. And I say," he added, pointing to the candle, "you might remove that handsome article, like a good man."

The porter took up his candle again, but slowly, for he was surprised by such a novel idea. Then he mumbled good-night and went out. Gabriel shot the lock to.

A ghostly light from the street lamp lay in a long shaft from one window to the door. Gabriel threw his overcoat and hat on a couch and crossed the room towards the window. He looked down into the street in order that his emotion might calm a little. Then he turned and leaned against a chest of drawers with his back to the light. She had taken off her hat and cloak and was standing before a large swinging mirror, unhooking her waist. Gabriel paused for a few moments, watching her, and then said:

"Gretta!"

She turned away from the mirror slowly and walked along the shaft of light towards him. Her face looked so serious and weary that the words would not pass Gabriel's lips. No, it was not the moment yet.

"You looked tired," he said.

"I am a little," she answered.

"You don't feel ill or weak?"

"No, tired: that's all."

She went on to the window and stood there, looking out. Gabriel waited again and then, fearing that diffidence was about to conquer him, he said abruptly:

"By the way, Gretta!"

"What is it?"

"You know that poor fellow Malins?" he said quickly.

"Yes. What about him?"

"Well, poor fellow, he's a decent sort of chap, after all," continued Gabriel in a false voice. "He gave me back that sovereign I lent him, and I didn't expect it, really. It's a pity he wouldn't keep away from that Browne, because he's not a bad fellow, really."

He was trembling now with annoyance. Why did she seem so abstracted? He did not know how he could begin. Was she annoyed, too, about something? If she would only turn to him or come to him of her own accord! To take her as she was would be brutal. No, he must see some ardour in her eyes first. He longed to be master of her strange mood.

"When did you lend him the pound?" she asked, after a pause.

Gabriel strove to restrain himself from breaking out into brutal language about the sottish Malins and his pound. He longed to cry to her from his soul, to crush her body against his, to overmaster her. But he said:

"O, at Christmas, when he opened that little Christmas-card shop in Henry Street."

He was in such a fever of rage and desire that he did not hear her come from the window. She stood before him for an instant, looking at him strangely. Then, suddenly raising herself on tiptoe and resting her hands lightly on his shoulders, she kissed him.

"You are a very generous person, Gabriel," she said.

Gabriel, trembling with delight at her sudden kiss and at the quaintness of her phrase, put his hands on her hair and began smoothing it back, scarcely touching it with his fingers. The washing had made it fine and brilliant. His heart was brimming over with happiness. Just when he was wishing for it she had come to him of her own accord. Perhaps her thoughts had been running with his. Perhaps she had felt the impetuous desire that was in him, and then the yielding mood had come upon her. Now that she had fallen to him so easily, he wondered why he had been so diffident.

He stood, holding her head between his hands. Then, slipping one arm swiftly about her body and drawing her towards him, he said softly:

"Gretta, dear, what are you thinking about?"

She did not answer nor yield wholly to his arm. He said again, softly:

"Tell me what it is, Gretta. I think I know what is the matter. Do I know?"

She did not answer at once. Then she said in an outburst of tears:

"O, I am thinking about that song, *The Lass of Aughrim*."

She broke loose from him and ran to the bed and, throwing her arms across the bed-rail, hid her face. Gabriel stood stock-still for a moment in astonishment and then followed her. As he passed in the way of the cheval-glass he caught sight of himself in full length, his broad, well-filled shirt-front, the face whose expression always puzzled him when he saw it in a mirror and his glimmering gilt-rimmed eyeglasses. He halted a few paces from her and said:

"What about the song? Why does that make you cry?"

She raised her head from her arms and dried her eyes with the back of her hand like a child. A kinder note than he had intended went into his voice.

"Why, Gretta?" he asked.

"I am thinking about a person long ago who used to sing that song."

"And who was the person long ago?" asked Gabriel, smiling.

"It was a person I used to know in Galway when I was living with my grandmother," she said.

The smile passed away from Gabriel's face. A dull anger began to gather again at the back of his mind and the dull fires of his lust began to glow angrily in his veins.

"Someone you were in love with?" he asked ironically.

"It was a young boy I used to know," she answered, "named Michael Furey. He used to sing that song, *The Lass of Aughrim*. He was very delicate."

Gabriel was silent. He did not wish her to think that he was interested in this delicate boy.

"I can see him so plainly," she said after a moment. "Such eyes as he had: big, dark eyes! And such an expression in them—an expression!"

"O then, you were in love with him?" said Gabriel.

"I used to go out walking with him," she said, "when I was in Galway."

A thought flew across Gabriel's mind.

"Perhaps that was why you wanted to go to Galway with that Ivors girl?" he said coldly.

She looked at him and asked in surprise:

"What for?"

Her eyes made Gabriel feel awkward. He shrugged his shoulders and said:

"How do I know? To see him, perhaps."

She looked away from him along the shaft of light towards the window in silence.

"He is dead," she said at length. "He died when he was only seventeen. Isn't it a terrible thing to die so young as that?"

"What was he?" asked Gabriel, still ironically.

"He was in the gasworks," she said.

Gabriel felt humiliated by the failure of his irony and by the evocation of this figure from the dead, a boy in the gasworks. While he had been full of memories of their secret life together, full of tenderness and joy and desire, she had been comparing him in her mind with another. A shameful consciousness of his own person assailed him. He saw himself as a ludicrous figure, acting as a pennyboy for his aunts, a nervous, well-meaning sentimentalist, orating to vulgarians and idealising his own clownish lusts, the pitiable fatuous fellow he had caught a glimpse of in the mirror. Instinctively he turned his back more to the light lest she might see the shame that burned upon his forehead.

He tried to keep up his tone of cold interrogation, but his voice when he spoke was humble and indifferent.

"I suppose you were in love with this Michael Furey, Gretta," he said.

"I was great with him at that time," she said.

Her voice was veiled and sad. Gabriel, feeling now how vain it would be to try to lead her whither he had purposed, caressed one of her hands and said, also sadly:

"And what did he die of so young, Gretta? Consumption, was it?"

"I think he died for me," she answered.

A vague terror seized Gabriel at this answer as if, at that hour when he had hoped to triumph, some impalpable and vindictive being was coming against him, gathering forces against him in its vague world. But he shook himself free of it with an effort of reason and continued to caress her hand. He did not question her again for he felt that she would tell him of herself. Her hand was warm and moist: it did not respond to his touch but he continued to caress it just as he had caressed her first letter to him that spring morning.

"It was in the winter," she said, "about the beginning of the winter when I was going to leave my grandmother's and come up here to the convent. And he was ill at the time in his lodgings in Galway and wouldn't be let out and his people in Oughterard were written to. He was in decline, they said, or something like that. I never knew rightly."

She paused for a moment and sighed.

"Poor fellow," she said. "He was very fond of me and he was such a gentle boy. We used to go out together, walking, you know, Gabriel, like the way they do in the country. He was going to study singing only for his health. He had a very good voice, poor Michael Furey."

"Well; and then?" asked Gabriel.

"And then when it came to the time for me to leave Galway and come up to the convent he was much worse and I wouldn't be let see him so I wrote him a letter saying I was going up to Dublin and would be back in the summer, and hoping he would be better then."

She paused for a moment to get her voice under control and then went on:

"Then the night before I left I was in my grandmother's house in Nuns' Island, packing up, and I heard gravel thrown up against the window. The window was so wet I couldn't see so I ran downstairs as I was and slipped out the back into the garden and there was the poor fellow at the end of the garden, shivering."

"And did you not tell him to go back?" asked Gabriel.

"I implored of him to go home at once and told him he would get his death in the rain. But he said he did not want to live. I can see his eyes as well as well! He was standing at the end of the wall where there was a tree."

"And did he go home?" asked Gabriel.

"Yes, he went home. And when I was only a week in the convent he died and he was buried in Oughterard, where his people came from. O, the day I heard that, that he was dead!"

She stopped, choking with sobs and, overcome by emotion, flung herself face downward on the bed, sobbing in the quilt. Gabriel held her hand for a moment longer, irresolutely, then, shy of intruding on her grief, let it fall gently and walked quietly to the window.

She was fast asleep.

Gabriel, leaning on his elbow, looked for a few moments unresentfully on her tangled hair and half-open mouth, listening to her deep-drawn breath. So she had had that romance in her life: a man had died for her sake. It hardly pained him now to think how poor a part he, her husband, had played in her life. He watched her while she slept as though he and she had never lived together as man and wife. His curious eyes rested long upon her face and on her hair: and, as he thought of what she must have been then, in that time of her first girlish beauty, a strange, friendly pity for her entered his soul. He did not like to say even to himself that her face was no longer beautiful but he knew that it was no longer the face for which Michael Furey had braved death.

Perhaps she had not told him all the story. His eyes moved to the chair over which she had thrown some of her clothes. A petticoat string dangled to the floor. One boot stood upright, its limp upper fallen down: the fellow of it lay upon its side. He wondered at his riot of emotions of an hour before. From what had it proceeded? From his aunt's supper, from his own foolish speech, from the wine and dancing, the merry-making when saying good-night in the hall, the pleasure of the walk along the river in the snow. Poor Aunt Julia! She, too, would soon be a shade with the shade of Patrick Morkan and his horse. He had caught that haggard look upon her face for a moment when she was singing *Arrayed for the Bridal*. Soon, perhaps, he would be sitting in that same drawing-room, dressed in black, his silk hat on his knees. The blinds would be drawn down and Aunt Kate would be sitting beside him, crying and blowing her nose and telling him how Julia had died. He would cast about in his mind for some words that might console her, and would find only lame and useless ones. Yes, yes: that would happen very soon.

The air of the room chilled his shoulders. He stretched himself cautiously along under the sheets and lay down beside his wife. One by one they were all becoming shades. Better pass boldly into that other world, in the full glory of some passion, than fade and wither dismally with age. He thought of how she who lay beside him had locked in her heart for so many years that image of her lover's eyes when he had told her that he did not wish to live.

Generous tears filled Gabriel's eyes. He had never felt like that himself towards any woman but he knew that such a feeling must be love. The tears gathered more thickly in his eyes and in the partial darkness he imagined he saw the form of a young man standing under a dripping tree. Other forms were near. His soul had approached that region where dwell the vast hosts of the dead. He was conscious of, but could not apprehend, their wayward and flickering existence. His own identity was fading out into a grey impalpable world: the solid world itself, which these dead had one time reared and lived in, was dissolving and dwindling.

A few light taps upon the pane made him turn to the window. It had begun to snow again. He watched sleepily the flakes, silver and dark, falling obliquely against the lamplight. The time had come for him to set out on his journey westward. Yes, the newspapers were right: snow was general all over Ireland. It was falling on every part of the dark central plain, on the treeless hills, falling softly upon the Bog of Allen and, farther westward, softly falling into the dark mutinous Shannon waves. It was falling, too, upon every part of the lonely churchyard on the hill where Michael Furey lay buried. It lay thickly drifted on the crooked crosses and headstones, on the spears of the little gate, on the barren thorns. His soul swooned slowly as he heard the snow falling faintly through the universe and faintly falling, like the descent of their last end, upon all the living and the dead.

Mónica Flores Correa es escritora. Entre sus trabajos, figuran las colecciones de cuentos *Agosto* (Artepoética Press, 2010) y *Dos* (Artepoética Press, 2013), así como el guión del documental "Burnt Oranges/Naranjos", dirigido por Silvia Malagrino, artista residente en Chicago. "Burnt Oranges" recibió el primer premio del festival ReelHeart de Toronto, Canadá, en 2005, y también los premios "Cine Golden Eagle" y "Aurora" de Estados Unidos. Con Malagrino también ha realizado otras colaboraciones para exhibiciones y filmes, y en estos dias ambas trabajan en el proyecto de un libro de arte con texto de la autora. Mónica trabajó como periodista para publicaciones en Argentina, su país de origen. Por esta labor, obtuvo la beca Nieman para periodistas de la Universidad de Harvard. También fue corresponsal en Nueva York para diario *Página 12* de Buenos Aires, en los años 90. Actualmente, enseña español y literatura en el Instituto Cervantes de Nueva York. Y escribe una novela, tentativamente titulada "Reunión". A las traducciones de carácter académico, suma ahora esta del cuento "Los Muertos", un favorito de ella, cumpliendo así con su devota afición por James Joyce. Satisfacción a la que se agrega haber hecho este trabajo junto con Cristóbal Williams, su marido.

Cristóbal Williams nació en Argentina y vive desde hace varias décadas en Nueva York. Estudió química, se dedicó al comercio de los productos creados por esa extraña, y aparentemente árida, pero en el fondo muy espiritual ciencia. Es economista aficionado y ha publicado artículos sobre economía en los medios de su país natal y algunos en el *Wall Street Journal*. Su principal contribución al campo de la economía es la idea de que hay que impedir que los burgueses se trampeen impunemente unos a otros. Eso sentaría bases más firmes para el desarrollo de los países pobres. Está casado con la otra "amorosa", según sus palabras, traductora de este cuento, sin cuya iniciativa esta traducción habría sido imposible. Cristóbal viene de una familia de artistas, aunque él no se dedicó al arte. Es probable que esta traducción sea su primer contribución al mundo del arte. También espera contribuir a la historia de la literatura como crítico constructivo de la creación literaria de su mujer.